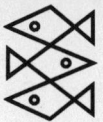

»doch sind wir nicht die erbengeneration, die erbengeneration ohne zweifel, so sagen sie doch alle immer, die erbsengeneration und nichts anderes, ansonsten wird ja dichtgemacht rundum, man kann das sehen, man kann das hören, nur die eltern sind steinreich und wissen noch am rädchen zu drehen, während den jungen nichts übrigbleibt, als des weges zu kollern.«

Abrauschen – das bezeichnet ein Fluchtmoment. Doch ist wirklich noch ein Entkommen möglich aus Berlin-Neukölln, erwischt einen die Vergangenheit immer kalt im Rücken, oder wie entkommt man ihr in einer Welt, die nicht nur kopfsteht, sondern auch rückwärts geht? Mit der Wiederholung der Gegenwart? Und wie zum Teufel ist aus einer Wohnung Geld rauszuschlagen?

Kathrin Röggla verschiebt in ihrem ersten Roman gekonnt Erzählstränge ineinander, überdreht Figuren, bis sie comichafte Züge annehmen, und kommentiert, lustvoll und scharf, Gesellschafts- und Gemütslagen in einem quirligen Fluß souveräner Bildabfolgen. Selten wurde das Lebensgefühl einer Generation so treffsicher auf einen Punkt gebracht.

Kathrin Röggla, geboren 1971 in Salzburg, lebt in Berlin. Sie debütierte mit dem Erzählungsband ›Niemand lacht rückwärts‹ (1995). 1997 erschien ›Abrauschen‹, ihr erster Roman. Im Frühjahr 2000 veröffentlichte sie ›Irres Wetter‹.

Unsere Adresse im Internet: www.fischer-tb.de

Kathrin Röggla

Abrauschen

Roman

Fischer Taschenbuch Verlag

Veröffentlicht im Fischer Taschenbuch Verlag,
Frankfurt am Main, Oktober 2001

Lizenzausgabe mit freundlicher Genehmigung des
Residenz Verlags, Salzburg und Wien
© Residenz Verlag, Salzburg und Wien 1997
Satz: Pinkuin Satz und Datentechnik, Berlin
Druck und Bindung: Clausen & Bosse, Leck
Printed in Germany
ISBN 3-596-15041-8

Abrauschen

1

mein vater war ein gartenzwerg, d. h. zwerg ist das falsche wort, aber immerhin, man kann was damit anfangen. er hat den zusatzprovinzen des landes die verkehrswege ausgebaut und daneben die absurdesten geschichten erlebt, er hatte den zusatzheini im bauch sitzen, und so war ihm das essen ein täglicher zwang. die vielen geschichten, die er dabei erzählte, hatten einen guten griff für die realität, sie weiterzuspinnen, ist jetzt an mir kleben geblieben. erlebt habe ich auch eine menge, ebenso ist mir mein hang zum kulinarischen nicht auszutreiben, und wüßte ich, daß mir der kleine zuhörte, hätte ich ihm auch schon eine erzählung nach der anderen aufgetischt, doch hört er mir nicht zu, also bleibt die mistbiene an geschichte auf mir sitzen, daran ist nichts zu ändern.

er würde sich bloß zu mir umdrehen und mir sein flugzeugquartett hinhalten, von hinten, versteht sich: zieh eine! würde er rufen, und ich müßte es tun. oder aber, er würde gar nicht aufsehen aus seiner tätigkeit, eine weile schon glotzt er, die lippen hin- und herschiebend, auf seine karten, die er vor sich ausgebreitet hat. und immer wieder nimmt er mal eine weg und fügt eine neue vom stapel hinzu, starrt einen moment auf die anordnung, bis er mit einer plötzlichen nachlässigkeit das bild zerstört und von neuem beginnt.

anfangen tut es ja immer mit hautkontakt, und aufhören tut es dann in wohnungen mit letzten habseligkeiten und grüßen, dazwischen das bißchen generationsunterschied, der wechsel der jahreszeiten, veränderungen der körperlichen fähigkeiten: aufstehen, aufwachsen, gehen lernen, ablaufen und runterkommen auf ein mindestmaß an nachnamen. nur das kindliche gemüt zieht sich durch, quasi wie ein roter faden ist das leben darin aufgespult, wie heißt es doch so richtig: das kerlchen im kopf spuckt gegen die windrichtung, die darin herrscht, und so kann man nie aus dem gleichgewicht geraten. deswegen versichern sich die meisten in was kleinem, schaukeln sich zu einem regelrechten kind auf, auch ich habe nichts anderes gemacht bzw. habe ihn tatsächlich mitgenommen, den kleinen auf die fahrt. und wie er auf der rückbank liegt, da ist er tatsächlich wieder eingeschlafen, träumt von plastilinmännchen, die ihr trittbrettsicheres grinsen nie verlassen, von papiermaché, das sie aushecken zu einem monster und losschicken gegen den rest der welt, der nicht recht auftauchen will in dieser matschbraunen landschaft, in der auch die sonne nicht hochzukommen scheint, ohnehin nicht aufblasbar das ding. jedenfalls sind wir losgefahren, die ganze chose mit der anwesenheit in dieser stadt geht ja auf keine kuhhaut mehr, habe ich mir gesagt und bin los, quer durch diese links- und rechtslandschaft aus sand und kiefer, durch den ganzen märkischen kurzschluß an gegend eben. und hinter uns läuft berlin weiter ab mit all seinen sachen, die stadt macht ja punkte, wo es nur geht, sie haut auf den lukas, dort steppt der bär und nicht zu kurz, nur diesmal ohne uns.

aber angefangen hat es ja eigentlich damit, daß mir der walkman flöten ging, das war vor einer woche, daß er, kaum sah ich einmal nicht hin, auch schon weggeklaut war, und ich plötzlich haut an haut mit der welt alles mitanhören mußte, auf einmal der kontakt. das war wie ein zwang, schon alleine der neben mir, und wie er etwas über ein spaßmagazin der anderen art quasselte, das es großzuziehen galt wie eine wohnungstür, die man zuschmeißen kann, und draußen bleibt dann der rest der ganzen meute. da bin ich aufgestanden, wollte zahlen und konnte es schon nicht mehr, ließ aber trotzdem die andern hinten alleine ihre schrei-postkarten vom ende der kunst weiterverteilen. so habe ich mich als sauberes lieschen aus der projektgruppe cic – cybertronic-inner-circle vertschüßt, bin abgerauscht und blieb am tresen hängen, wo zwei rotweingläser weiter ein gespräch begann.

der boden bringt ja mitmenschen mit sich, und hier war schon wieder einer, und was für einer, ein prachtexemplar, ende zwanzig, ungeheuer bebrillt, und ein bißchen bewandert in gegenwart auf alle fälle. man kannte sich vom sehen und tat es jetzt, fand sich nicht direkt unsympatisch, stunde der elektrifizierten fingerspitzen, man rief sie an, und da war sie auch schon. man sollte es ja nicht für möglich halten, durch welche löcher man durchfallen kann, ganz ohne raumanzug, die volle montur, steht man erst wieder da am nächsten morgen:

die sonne schien und ging aufs ganze »noch einmal mit mir!« glaubte man sie rufen zu hören, denn es war februar, und wie kein zweites mal sahen wir aus, wie wir dastanden am fenster mit unseren frisch verwählten köpfchen, waren wir quasi direkt angeschlossen an das nervennetz der stadt, da hatten die finger kontext sozusagen. was früher das gebiet des *sendermanns* mit seinen warnungen an den häuserwänden, ist ja nun ganz zum bundesgebiet verkommen, in dem nichts als die unangenehme stückzahl der autos zu entdecken ist, sahen wir und sahen es wiederum nicht, denn zarte bestuhlung des herzens war angesagt, und vorne die leinwand, auf der sich menschen aus jahrgängen begegneten, während man hinten doch etwas verängstigt zurückblieb. »was is 'n hier los?« stellte sich der kleine in dem moment mir vor. »was is 'n hier los?« fragte er also und war gleich mit dabei. so hatte man sich wie einen taschenspielertrick gegenseitig aus dem ärmel gezogen, ging hineinverschnupft in eine gemeinsame tieferseele und dachte sich was anderes aus.

verkehrt rum läuft es, habe ich ihm gesagt, luftballon, und drinnen ist die welt. nicht aufgespannt, sondern zusammengestaucht. in wirklichkeit schlagen die köpfe zusammen, während die beine voneinander entfernt stehen, und der himmel, sowieso nur ein punkt.

du lügst, sagte der kleine und lief zum fenster, er hatte längst feuer gefangen, und dann ging alles sehr schnell, husch husch, schnell übers bäumchen, schnell durch den busch.

2

ich mußte raus aus dieser stadt, soviel war sicher!

alle reden von berlin, doch was soll das sein. ich meine, wo gibt's noch so was. ich für meinen teil behaupte, es gibt kein berlin, es gibt nur neukölln. ich muß es wissen, habe ich mich doch einige zeit herumgetrieben, doch gleich, was ich tat, immer fand ich mich in neukölln wieder. besonders in letzter zeit landete ich nur noch in einem dieser schubladenräume, die stufenlos zu bedienen sind: schreibtisch-bett, das waren die einzigen positionen, die mich dort gefangen hielten. und draußen lag dann die stadt da wie ein langer bart, eine eins-zu-eins-stadt, wie es immer heißt, nicht kleinzukriegen, immer einen schritt weiter, immer schon auf und davon, da kommt man einfach nicht nach. von meinem fenster aus zu sehen war aber nichts davon, nur das billigleben der tauben im gegenüberhaus, das abgebrannt war vor einem jahr und dessen fenster mit plastikplanen verdeckt keinen einblick gewährten. warmer abriß, hatte die frau unter mir einmal gemeint und war wieder weitergezogen mit ihrem spulwurm an hund durch die gänge und treppenhäuser, um alte katzen aufzuscheuchen oder vergleichbares getier, warum sonst sollte sie sinnlos durch hinterhof und keller streunen und ein lachen loslassen, wie man es nur aus tierfilmen kennt. dabei ist die sicher noch unter 30, kaum zu glauben, kein anstand, wie hier die leute abdrehen, kaum sind sie aus dem einen pflegealter heraußen, stürzen sie sich schon in das nächste hinein. wie oft hatte ich die im jogginganzug vorüberrauschen gesehen, immer ihren hund mit dabei.

ja, dieser stadtteil drückt einen schon kräftig nach unten mit seinen windschiefen omas, die in der karlmarxstr. vor dem tschibo stehen und nicht loskommen von ihm. »die dauerwelle nicht ganz in den toaster gekriegt oder was!« möchte man ihnen zurufen, doch vorher schon drehen sie sich plötzlich her und sehen einen durch lange augen an, dahinter ist nur haut versteckt, »nur haut, ich weiß«, sagt man sich dann, »die beißt nicht«, sagt man sich dann und geht schnell weiter an den wäschekörben vor den geschäften mit plastikspielzeug, einwegpuppen und zubehör aus grauer vorzeit. alles erste sahne, kann man auf dem schild daneben lesen, alles erste sahne auch das, was sich hinter den glasscheiben abspielt, da kann man das klimpergeld losgehen sehen, den ganzen schrott, den die banken nicht freiwillig nehmen, den kann man hier loswerden. man wird dabei rufen: »ach, hier gibt es ja noch richtiges glühbirnenlicht, und die geschäfte haben noch einen verwandtschaftsgrad.« doch diese anwandlung wird nur einen kurzen moment dauern, dann geht man wieder vorbei an der katzenmusik an häusern, zurück in die wohnung im hinterhaus 2. stock, schließt die tür ab und atmet auf. geht in zimmertemperatur verloren, während man die post öffnet und schon vorsichtshalber zu fluchen beginnt.

die straße ist eben länger, als man denkt, sie ist keine umhängetasche, die man fortwirft, weil sie einem zuviel wird, und dann ist man sie für immer los, nein, immer wieder muß man durch sie durch, und am ende hat nur der anrufbeantworter sein leichtes spiel gehabt. so jedenfalls ging es einen ganzen winter lang, und noch immer war winter und würde es auch bleiben, wie ich gestern unzweifelhaft feststellen konnte, dennoch fielen kleine lichtstreifen die eine wand entlang, als tapete zog sich mein blick darüber: nichts wie raus hier.

aber das dachten sich wohl alle hier, und nur der typ, der einen stock über mir wohnte, dieses i-tüpfelchen des allgemeinen zustands, hatte sein mittel dagegen gefunden. entweder er ließ die countrymusik laufen oder die flaschen über den boden, immer aber trommelte er mit den fingern gegen ein glas, dann trommelte der flascheninhalt in seinem kopf, das übertrug sich dann auf die wände und ging durchs ganze haus. echoeffekt oder was, fragte ich mich dann einen stock tiefer um vier uhr morgens, die vorstellung nicht aus dem kopf kriegend, daß irgendwo der schalter sein mußte, mit dem man das ganze abstellen konnte.

in diesen tagen ist ja jedes untier vorstellbar geworden, das plötzlich in die stadt einbricht und dasteht hundert meter hoch, die leute heben dann kurz an ihren köpfen, atmen an, und schon wieder ist etwas zur gewohnheit geworden. warum nicht einfach eine plastikplane über das ganze werfen, sich dann umdrehen und weggehen: ja, warum nicht wirklich abhauen? schlug ich also jo an jenem morgen vor, wenn man es sich so recht überlegte, sollte man doch wirklich einfach weg, auch wenn kein historischer moment, sich einfach hineinlegen in ein schnell hingezaubertes genick landschaft, immer die superpritsche im herzen, immer mit dem kopf voll durch den frühling, doch stop!stop!stop! rief er, da bliebe noch die eine frage nach der zeit und die andere nach dem geld –

er hatte recht. kaufen macht spaß, kann man ja schon jedem x-beliebigen tekknoblättchen entnehmen, und heimsuchung ist still sitzen müssen und nachdenken, was nun werden soll, und nichts anderes habe ich getan die letzten wochen. allmorgendlich bin ich in der u-bahn gesessen, allmorgendlich war ich da durchgestiefelt durch die eiseskälte hinüber zur s-bahnstation, wo sie dann alle standen, die ottonormalverbraucher, die robotniks, da schon nichts als die aufgespießten schmetterlinge, die sie eine halbe stunde später wohl alle ohnehin sein würden in ihren büros und lagerhallen. so saß man bemüht auf seinen augenbrauen, ließ sich lieber in die schlagzeilen des *kickers* oder der *bildzeitung* verstricken, als den hallelujatypen zuzusehen, die in der station schon ihre hände ausgebreitet hatten und auf einen zugerannt kamen, dabei lachten und irrsinniges zeug redeten. ja, das war ein richtiger malboroaufenthalt in so einer allmorgendlichen u-bahn, nur die härtesten hielten da durch, die meisten stiegen schon in wilmersdorf aus richtung sicherer arbeitsplatz, kaum einer wollte durchfahren mit diesen gestalten bis nach dahlem, wo die faust auf dem auge haust.

denn ein rechtes mumintal ist da gewachsen mit schön viel beispielen für angewandtes leben, wie es in die sonnenbräune eingeht ohne wiederzukehren, an dem stiefelte ich jeden morgen vorbei, bis ich ankam in der *rostlaube,* bei der studentischen arbeitsvermittlung. dort wartete man in unangenehmer stückzahl, zog auf die schnelle, wenn es hochherkam, eine nummer 38, schiß auf das gesamte losverfahren in der arbeitsbeschaffung, trank noch einen kaffee in der mensa und zog wieder ab. auf dem rückweg konnte man dann schon menschen beim hundeäußerln antreffen, richtung einkauf unterwegs die hausfrauen, die zwischen ihren vorgärten und verbrauchervillen ein bißchen die zwirbeldrüse hochhielten, nachsahen, ob was drunter lag, wenn ja, beim nächsten kerzenlicht sich verschlucken würden, aber selbst dabei aufs durchschnittstempo achteten, ich wußte es auch nicht, mehr schon der kleine, dem jetzt langweilig wurde, denn noch immer stand man am fenster und überlegte, was zu tun sei.

doch sind wir nicht die erbengeneration, fiel mir plötzlich ein, die erbengeneration ohne zweifel, so sagen sie doch alle immer, die erbsengeneration und nichts anderes, ansonsten wird ja dichtgemacht rundum, man kann das sehen, man kann das hören, nur die eltern sind steinreich und wissen noch am rädchen zu drehen, während den jungen nichts übrigbleibt, als des weges zu kollern. – ja, genau! rief der kleine dazwischen, wurde aber mit einem »klappe halten!« abgefertigt, denn schon war jo dabei, zum telefon zu stürmen: ganz made im speck ist das, was wir jetzt vertreten! – und war schon verschwunden, seine eltern anrufen.

wenn man ein erbe hat, dann braucht man sich nicht vierteilen, man holt es einfach ab, und nichts anderes hatte ich vor, doch kann man unmöglich alleine kommen, quasi mit leeren händen, da muß man schon was mitbringen, irgendein kind beispielsweise, und irgendein kind ist ja auch mit von der partie, nennen wir es wolf jobst siedler, quatsch, nennen wir es jan.

– schorschi!

– nein, jan. jan ist also auch dabei, und ich kann ihm jetzt zusehen, wie er wieder sein flugzeugquartett in alle möglichen richtungen ordnet, wie er plötzlich fragen stellt, von wegen, wann wir denn endlich ankommen und was wir denn dort alles machen würden?

ich könnte ihn einfach mitnehmen, muß ich mir wohl gesagt haben, ich könnte in zusammenhängen mit ihm auftauchen – er könnte direkt mein vater sein, hat er aber darauf bloß gesagt, direkt mein vater, so frech war er, man stelle sich vor.

3

kindesentführung, könnte man sagen, aber was bleibt einem übrig heutzutage, kindesentführung, mein gott, aber ja, man mag mich für verrückt halten, sagen, krieg doch selber eines, wenn du schon ein kind willst, nicht immer nur von fremden nehmen, selber machen, selber sein – so geht das aber nicht, wird man sagen, das paßt durch keine unterführung durch, wo oben drüber flugzeuge starten, wo oben drüber flugzeuge fahren, und unten die kleinen lastwägen durchnippeln, immer nur durchnippeln mit drinnen den vielen menschen, die nicht erst ausholen können zum winken, sondern immer gleich gestehen.

kinderkriegen sei ein biologischer vorgang, wird immer wieder behauptet, doch was nennt man heutzutage nicht alles biologisch? jedenfalls fällt kinderkriegen darunter, das gehe nicht mehr wie früher vonstatten mit Maschinen, jetzt soll der eigene körper dafür her, jetzt soll der eigene körper dafür gradestehen und nicht etwa sitzenbleiben darauf oder zusammenklappen als taschenmesser, als besserwisser, und drinnen bleibt der gute depp, recht eingedickt – schön und gut, doch wie fängt man so was an? in der u-bahn stehen und auf die kleinen starren, das habe ich schon zur genüge getan. durchgreifen, das war jetzt angesagt!

doch ist das alles vergangenheit, längst schon sind wir angekommen in salzburg-lehen, das klingt nach zugzwang, und ist es auch einer, denn in dieser gleichung hier bleibt kein rest über, der herumstehen und schlecht aussehen könnte, hier haben alle das geld bestellt oder benehmen sich so, da ist immer nur derselbe schlag mensch anzutreffen, keine achterbahn, in diesen straßenzügen ist nichts als die mücke unterwegs, die niemanden umbläst, sondern nur bremsen kann, alles zusammenbremsen zum immerfort der gesichter: nicht ohne geräusche das ganze, sieht aber beinahe so aus. auch der zigarettenautomat neben dem geschäft unterbricht nicht weiter die dämmerung, wie zwei bierdosen es womöglich vorhaben, die, von teenagern aufgestellt, mehr gesund bleiben, als sonst etwas tun. ansonsten: nichts als schneereste und kies. ja, schneereste und kies, so stehen wir da. und der sonntag schlägt die autos tot, zumindest am frühen morgen.

gelandet sind wir also in der *lieben siedlung*. hier hat man es mit nichts als gewöhnlichen einbauschränken zu tun, wände wie hochgezogen und dann auch nur stehengelassen. eben die welt nach dem kopiervorgang, überall schleifspuren, kleine reste, rundherum ganz angerannt beton.
vier stock ist es hoch, das haus, und schon wieder schluß. oben zu, unten zu, in der mitte der platz, ein einziges treppenhaus, das an den wohnungen vorübergeht, und da ist er auch schon, dieser penetrante kaffeefiltergeruch, der, scheinbar vom dach kommend, sich weiter unten immer mehr mit dem von kunstfaser vermischt. und jetzt die wohnung: ganz siebziger-jahre-gerät, abgeschaltet und mit keiner wirklichen raumhöhe. immerhin, der balkon.

– und hier bist du aufgewachsen? glaub ich nicht, begrüßt er mich oben angekommen.
– dann glaub's halt nicht.

hat er es also geschafft, hier raufzukommen, drei stock zu fuß sind für einen sechsjährigen ganz schön viel, oder ist er etwa schon eine ganze weile da? doch wie zu erwarten, erschlägt er gleich sämtliche räume mit der frage nach einem taschentuch.

gegenüber die speditionsfirma, bahnhofsnähe, sagt man üblicherweise zu so etwas. die wohnung, in die sich mein vater zurückgezogen hat, sein alterswohnsitz, wie er ernsthaft gesagt hat vor der indonesienbraunen wand, doch es könnte durchaus auch meine wohnung sein, ist ja alles da: das fensterbrett, darauf holzschnitzereien, der orangefarbene abstelltisch, plastische bücher im regal.

vierzig quadratmeter, eine einzige durchgangswohnung für den kurzen aufenthalt gedacht, für die minuten zwischen dem zähneputzen und dem zähneputzen, eine zweitwohnung, für die hier entschieden die erstwohnung fehlt. und wie wohnungen erst einmal schrumpfen können, läßt man ihnen die luft aus. ich schalte das licht an: da tritt die elektrik aus ihrem sarg und steckt zusätzlich noch ein, was geht. ist doch alles ein bißchen eng hier, entdecke ich, ich meine, zu zweit in einem zimmer, wer hält das lange durch?

aber hallo! ruft er und fläzt sich aufs bett, ist doch nicht übel hier, und die federn quietschen.

weiter geht es drinnen in der küche, ein stapel geschirr, eine abwasch, die wand dahinter grün gekachelt, im kühlschrank noch eine packung des ultimativen multivitaminsaftes von a&p aus freilassing, wohin man hier noch immer einkaufen geht, weil es billiger sein soll, über die grenze nach freilassing, diesem saurier an einkaufsparadies. und was kommt dabei heraus? instant-zitronentee von nestlé.

eine weile höre ich der geschlossenen tür zu, wie sie stillsteht, wie die räume leise dem nachgehen, die wände hängen hier eben an einem dünnen faden. langsam bewegt sich etwas im zimmer, ich sehe einen schatten, doch wird mir nicht klar, was es ist. auch der kleine lauscht der abendluft, die mir schon in die kindesbeine gepreßt worden ist und jetzt auch nicht weiter heraus will, sich zeigen: »und was machen wir jetzt hier?«

über alles nachdenken, und in der zwischenzeit kann ausge-
räumt werden, habe ich mir gedacht.

fifty fifty, sagt er nicht dazu: ich helf dir die wohnung zu verkaufen, und wir machen fifty fifty. aber kommt alles noch,
beobachte ich jetzt das kind, das aussieht wie über fünfzig.

4

kindesentführung mag man sagen, ja, aber es gibt gründe dafür. zum beispiel mein vater. er hat sich stets gut mit kindern
verstanden, sein kontakt zu außerirdischen hielt sich dagegen
in grenzen, aber einmal saß er im flugzeug right hinter nure-
jew, ein grotesker mensch mit hut, erzählte er, was der kann,
kann ich schon lange, hat er nicht gesagt, aber es hatte etwas
davon: sich dem besseren poesie-album zuarbeiten, das ist es
noch lange nicht, man muß immer einen schritt weiter gehen, immer einen schritt weiter, als es möglich ist, ist vielleicht sein motto gewesen, jedenfalls habe ich es mir zu eigen
gemacht. keine ahnung, was für kopiervorgänge durch die
menschheit gehen, aber mich hat es jetzt anscheinend ganz
schön erwischt.

dabei habe ich kein wirkliches gefühl entwickeln können von
anfang an als nachkommenschaft, kein wirkliches geräusch
drang von mir zu meinen eltern, auf einmal gab man mir diese pfote in die hand, die so ganz verkorkst ist und heißt toch-
terschaft, erbschaft usw. – die wohnung sieht aus. im regal
sogar noch ein paar bücher meiner mutter, die ihr aber auch
nichts eingebracht hatten die ganze zeit über, der alten pfadfinderin. keine hemmungen darf man haben, wenn man das

ausspricht: pfadfinderin, denn nichts anderes war meine mutter im prinzip gewesen, die ganze zeit. ist ihr ja auch nichts anderes übriggeblieben in dieser found-footage stadt, die so tut, als wäre sie ein ganzes stück, gerade gerieben an den preßlufthämmern der restauration. 50er jahre, wenn ich das schon höre.

aber geht man hier ein paar schritte nach links, sieht man hinter die ganzen zielvorhänge, die maschendrahtgemütlichkeit, sieht man hinter die dalmatinerfreundlichkeit der nachbarn, was kann man da nicht alles ergattern. und jetzt stehe ich in dieser wohnung, die so eingleisig dahinfährt, keine eliette von karajan segelt durchs zimmer, keinen schnappschuß an gemütlichkeit kann man hier abhaken, wie es sonst so üblich ist.

seit meinem neunten lebensjahr war meine kindheit wie auf diesem bett sitzen und einen fernseher von der seite betrachten, während er läuft, nur einen kleinen streifen vorgewölbten glases sehen, wie sich darauf etwas bewegt, wie eine zahnreihe, keine bilder, man sieht gerade noch die bewegung und eine gedrängte ansammlung von farbflecken, aber keine direkte wahrnehmung des geschehens.

auch jetzt versuche ich mich zu erinnern, aber es kommt nichts. zumindest entdecke ich nichts bekanntes in meinem kopf wieder, da kann ich es noch so lange mit der alten stehlampe versuchen, in die ich hineinstarre, um etwas herauszufischen, das mich an andere zeiten erinnert, da kann ich noch so lange auf einer linie auf das poster zugehen, das der kleine gefunden und aufgehängt hat, ein dinosaurier, vermanscht in neonfarben, die niemals aufblühen, immer bei sich bleiben, da wird nichts erscheinen, zumindest nichts genaues. und doch: etwas mehr genauigkeit, rufe ich mir hoffnungsvoll zu, das wäre es, doch sind endgültig alle türen zu, was genauigkeit betrifft, im gegenteil, die saftige schlamperei hat wieder ihre zelte um mich aufgeschlagen, hat man mir ja auch schon von kindesbeinen an erzählt, die mir nun so verschlossen bleiben –

– ha, du erinnerst dich ja doch, unterbricht mich der kleine.
– siehst du, das ist es, was ich brauche: eine starke zuhörerschaft, die durchhaltevermögen hat und nicht gleich abwinkt und sagt: kenne ich, habe ich, brauche ich nicht usw. … alles schon gehört!

und doch, meine vergangenheit, da muß etwas geschehen, aber schnell, schon so lange ist sie vorbei, und noch immer ist nichts passiert. die ganze zeit, wenn man bedenkt, nicht, daß ich es verschlafen hätte, nicht, daß ich die augen verschlossen, ich war wie unter strom, ich konnte von etwas nicht loskommen.
außerdem wird man ja stets mitgerissen von seiner zeit, da kann man nicht stehenbleiben und sich raushalten, überblicksposition bewahren oder sich gar drüberbeugen über das geländer und in die tiefe sehen.
deswegen wohl legen sie jetzt allerorts depots an, aber was für depots, im deutschen historischen museum z. b. kann man sehen, was passiert, wenn man aus den eigenen beständen zeigt, gegenstände um gegenstände wie hölzerne fragezeichen, da kann man anklopfen, und heraus kommen dann kleine telefonantworten, die sich vereinigen zu einem hübschen vanillepudding namens geschichte. unsere geschichte, sagen sie dabei und schlagen sich plötzlich auf die schenkel in ihren puppenmuseen, zuckermuseen, frisurenmuseen, na-

tionalmuseen, aber nein, nein, würde mich karl jetzt unterbrechen, so einfach kannst du es dir nicht machen –

er hatte recht: klarheit muß man kriegen, klarheit, wo vorne und hinten ist in seinem leben, fehlt nur das geld. man braucht eben geld, um loszuheizen quer durch die selbstprärie.
doch sind die zeiten vorbei, in denen man auf das kleinholz geld pfeifen konnte, verpfeffern, was die zukünftige lage betrifft. da hat das ganze wenig-ausdenken sein ende genommen und ist abgedüst in andere bereiche.

– wird jetzt endlich ausgepackt, die tasche oder was? trottet der kleine hinter mir her, und hat er seinen judogürtel mitgenommen: wieso hast du einen judogürtel mitgenommen?
– weiß nicht, kann ja sein, daß ich ihn brauche.
– du kannst also judo.
– aber klar.
– na, dann kann ich ja beruhigt sein.

5

der kleine paßt in jeden schuhkarton, hierher gehört er jedenfalls nicht. da zischt er mit einem ofen an blick durchs zimmer, stöbert mal da, mal dort, ist prima ausgeschlafen, wirklich prima! und ich kann nicht durch meine ruhe durch, sondern muß mir an deren fensterscheibe die nase plattdrükken. und immer die sonne, diese trübsalblaserin, man traut sich ja kein auge zuzumachen, wenn sie danebensteht, also bleiben wir wach.

den tag einen guten sepp nennen, ist auch am nächsten morgen wieder angesagt, ansonsten haben wir zeit, scheint so,
doch eigentlich ist der tag hier immer um einen strohhalm
zu kurz, um mit ihm etwas anzufangen. kein hinauskuchen
auch dieser morgen, alles bedeckt mit fellen, die schwimmen
davon, treiben auseinander, föhn nennt man das hier. ich will
mich ja nicht beklagen, aber das leben am fluß habe ich mir
spannender vorgestellt, alles in allem, dabei kannte ich es ja.

»und: was machen wir jetzt hier?« – aufwachsen, du für deinen teil, sage ich, du weißt ja. – und danach? – darauf fällt
mir keine antwort ein: weiß nicht, weitermachen, wie bisher.

in irgendein fahrwasser kommen, soll auch nicht schlecht
sein, hat karl noch vor ein paar tagen vorgeschlagen und hat
dann wieder von etwas anderem weitergeredet, da saß er in
seiner kreuzberger wohnung wie ein falscher fuffziger und
drohte seit neuestem inmitten von hausfrauen mit angezoge-
nen handbremsen verlorenzugehen, im emaillächeln der jün-
geren, und die männer in betriebslook tauchten um ihn auf,
an allen ecken und enden zogen die plötzlich ihre handys
groß. daneben die häuser, früher eindeutig farbig, seien alle
jetzt wie eingestampft, mehlweiß hängen sie plötzlich dem
himmel entgegen, wo vorher noch was zu sehen war. kurz, er
meinte durch staub zu fahren in den blicken der menschen,
außerdem hatte eine zahnarztpraxis über ihnen aufgemacht,
da blümelte heran, was eben so zum zahnarzt geht, »und das
ist keine augenweide«, erzählte er mir, »kurz«, schloß er,
»hier ist ein saftiges charlottenburg ausgebrochen.«
– interregnum des regenwurms? – bingo! – muß man nur in
die mitte schlagen, und schon laufen beide teile schnurgera-
de auseinander, und dazwischen leuchtete der alte karl wie-

der auf, wie man ihn kannte: in süditalien z.b.? – jedenfalls könnte da schon ein bißchen luft hereinschneien, die etwas anderes im kopf hat als minusgrade.

da hockte karl in berlin mit seinen 39 jahren und wollte was ordentliches anfangen, bestimmt hat er schon begonnen damit, nur ich sitze hier und überlege mir, was nun machen? durchstarten, die welt in die hosentasche stopfen und drüberbügeln, was geht, draußenbleiben, hufeisenförmiges grinsen verteilend, mir einen schnaps nach dem andern genehmigen oder doch zurückgehen und irgendein studium abschließen in die butterbrotschienen hinein, die dann entlangsegeln mit roten ohren. aber nein, nein, da muß ich mir schon was ganz anderes ausdenken. im grunde ist es schon wahr, da bin ich mit 17 außer haus, und was ist dabei herausgekommen? die durchschlagskraft eines kandisins habe ich gehabt, doppelbuckel im hirn und sonst nichts weiter.

und dabei heißt es immer *aufbruchstimmung,* heute soll ja jeder in aufbruchstimmung sein, doch zeigte man früher noch filme über so junge menschen, die fröhlich durch die großstadt irren, so haben sie seit einiger zeit schon bissige gesichter, machen randbemerkungen über eine zukunft, dürres holz, auf dem die augen dahinklappern können, aber nichts anständiges. und war noch gestern so was im spätprogramm, ein junges pärchen, sie drogenabhängig, er arbeitslos, irren durch london und finden sich nicht, sagt man heute schon dazu: das ist leben auf kredit, das bringt nichts. und so verfüttert sich jetzt quasi alles, mildes fischfutter, das aufgeht in eigenleben.

deine generation, pflegt karl darauf zu sagen, sunlicht live, schau sie dir doch an, die gestalten, wie sie unbeweglich dastehen in den kneipen mit nichts im kopf: pseudoomas, die müde steppdecken durch die augen werfen können und sonst nichts. – du hast studiert, du mußt es wissen, war darauf meine antwort, oder sagte ich überhaupt was zu ihm, habe ich jemals etwas zu ihm gesagt, während er dasaß, die zigarette ausdrückte, auf die überholspur seiner uhr sah: »ich muß jetzt los.« dabei war ich schon längst aufgestanden.

jedenfalls mußte es so gegen zwei uhr nacht gewesen sein, da hat er mir vom vormauerfallberlin erzählt, vom wehrdienstfluchtberlin, rolfdieterbrinkmann-, bakuninberlin, otto sander-, bloß nicht ostenberlin, camus-»der fremde«-berlin, und marx ohne filter-, »es atmet, wärmt, ißt. es scheißt, es fickt«-berlin, durch die köpfe schießt italien-berlin – ist einfach nicht an einer telefonschnur entlang zu behandeln, muß man immer durch es durch-berlin. »wir waren vier«, erzählte er da, »und es gab damals ja nur zweidrei kneipen, wo man sich treffen konnte und flippern, billard spielen –« erzählte er, und wir gingen am kanal entlang, »gab es nur zweidrei kneipen, wo man sich treffen konnte, aber dafür eine menge splittergruppen –« fuhr er fort und informierte mich über allerhand moskau, china und albanien, von dem vierergespann in richtung reihenfolge auf den fahnen, plakaten, emblemen, informierte er mich über das ganze realoleben, wie es sich unter straßennamen eben so abspielte, »jetzt nur noch links- und rechtslutscher im kassabereich«, erzählte er und schwieg einen augenblick.

»abgehauen bin ich mit 16 von zuhause«, begann er wieder, »fort war ich mit 17 und mit 18 durfte ich dann weg, da bin ich gleich hierher – trotzdem: die zeiten waren irgendwie vorbei, nur noch figurenwand: mit einer ostoma und einer westoma und nichts dazwischen, das war damals die situation, also hat man sich was anderes ausgedacht: in italien zum beispiel oder –« er hielt inne.

»jedenfalls waren wir vier«, fuhr er fort, als nichts kam, »bestes marihuanabeispiel sven, der kiffte sich die uhrzeit aus den fingernägeln, dann mario«, erfuhr ich weiter von mario, dem sponti, dem allerweltskeks, der einen immer in schnurlosgespräche verwickelte und den hohlen zahn der zeit aufzufüllen verstand mit knetmasse, anti-statischen mitteln wie filmemacher, aktionskünstler, szenefiguren – im beistrichformat beigesetzt hat man sich, ging aber noch nicht zum meinhofbegräbnis, nein, ging man nicht, aber später kam man doch hinein in die besetzerszene, sven – und mario kannte wieder einmal alle, diesmal aber hat man sich nicht mehr organisiert, fuhr er unbeirrt fort, damit war es vorbei, schon waren sie alle in neonlicht gebadet, kachelweiße kneipe, zulichtmilieu, nannte man das dann, die haare ab, tsssseeeeeng, die haare ab, und noch immer gab es nur zweidrei kneipen, nur waren es jetzt andere, und andere trafen sich da. wieder kannte man sich, und keine augen mehr zum umrühren, nicht so prototypen, keine stellenweise gespräche, nur vaporisateure, der himmel blieb blau, die häuser braun, die straßen schwarz, aber das ist eigentlich schon heute, erinnerte er sich: »und du?«

– kannst du mir geld leihen? fragte ich automatisch, sah weiter dem bücherregal zu, sah marx, weiss, bakunin, camus, brinkmann, den kursbüchern, lowry, pynchon, deleuze zu, wie sie im bücherregal standen, ich zählte, marx, weiss, bakunin, camus, brinkmann, die kursbücher, lowry, pynchon, deleuze, dann ging ich zur nächsten reihe über, plötzlich zückte ich meine pistole, er saß noch immer auf der couch: »schön wohnste da.« schoß ich – naja, sagte er noch und sank in das spielplatz-tief des viertels: also gut, wieviel brauchst du?

ja, karl hat mir das in den kopf gesetzt mit den gartenzwergen der kindheit, die wie punkte in der landschaft auftauchen und dann wieder verschwinden als straßenschilder, als tafeln –

6

wir gehen also einkaufen. wir gehen einkaufen, und was in einem supermarkt auch alles passieren kann, soviel hört man in diesen tagen aus supermärkten, ist einer erfroren in einem supermarkt beispielsweise, einfach die hände am gefrierfach abgestützt und ist nicht losgekommen davon, und tssssseeeeeng, beide hände mußte man absägen, der rest war auch nicht mehr geradezukriegen, außerdem gibt es noch gabelstapler, die plötzlich ums eck biegen können, und ganz zu schweigen von dem schnellbeton in den gesichtern der kassiererinnen, also paß auf!
doch er paßt natürlich nicht auf, überall bleibt er hängen, alles reißt er mit, und ich muß es dann wieder aufheben.

hier sind die hamsterbacken gründlich ausgebrochen, da kaufen die leute, als wäre ein kleiner weltuntergang im kommen, und kommt er wahrscheinlich auch, sickert durch von oben ganz langsam. in fahnenstangen versuchen die einen deswegen hineinzuwachsen, die anderen glauben fest in einem japanischen businessmenschen angekommen zu sein, kurz: es herrscht nicht eben das gelbe vom ei, springt hier nicht herum, herumspringen tut nur der kleine, das heißt stolpern, jetzt ist es passiert, und wie immer die luft voller tricks: ist man erst einmal am boden gelandet, tun es die anderen dinge auch, wie 'ne limoflasche zum beispiel, sieht er mich an.

und schon fängt »können sie ihr kind nicht bei der stange halten?« an in den gesichtern der menschen, doch da ist ja auch kein kind, informiere ich sie, das ist höchstens ein menschlich bewachsener pinguin, bei dem die zeit reinschneit, reinscheint eine andere sonne: »du hast doch tomaten auf den augen«, quakt er auch schon wieder los, dir steckt das warmwasser in den knien, du bist ganz schön in die mistbiene getreten mit deinem leben und findest den weg nicht mehr heraus –

der kopf wie unter heftpflastern erschlagen, an manchen stellen luftlöcher zum atmen, so stehe ich an der kassa. kinder gehen eben geradeaus auf etwas zu und wissen nicht, was sie sich einhandeln. zum beispiel die gefrierdose im herzen: sie öffnen sie und wissen nicht, was dann auf sie zukommt, sie haben keine zwischendecke im gesicht, die oberfläche ihrer augen ist zu klein, und dabei sind sie die reinsten gegenwartsidioten –

– und du, selbst wie man eine orange zu ende schält, weißt du nicht, ich habe das beobachtet.
– und du schälst eine orange, bis sie schimmelt, mit allen früchten machst du es so. »andere kinder sterben, weil sie nicht aufessen wollen, und du, weil du zu gründlich bist.«
– mit den lebensmitteln kennt sie keinen Umgang, hat er sich

dann weiter bei der kassiererin beschwert, hat sich wohl vorgestellt, die richtet ihr belle-gesicht langsam auf mich und sagt: »ach ja, dann kommen sie mal mit.« und ich wäre verschwunden mit ihr in dem glaskabäuschen hinter dem eingang. doch nichts da, so leicht wirst du mich nicht los, da mußt du dir schon was anderes einfallen lassen.

wir haben schon unsere konflikte, ja, die haben wir. und eines tages wird er mich erschießen mit seinen augenbrauen, das wäre das mindeste, und sich wieder seinen dingen zuwenden, in lexika blättern beispielsweise, mich verwickeln in unbeantwortbare fragen und dabei größer werden und größer, verpackt jetzt schon seine augen zu mehr gewicht, bis er schließlich erwachsen, bis er schließlich alt wird, ist ja nicht mehr lange hin. währenddessen werde ich ein komplettes deutsch sprechen, ein komplettes durchschnittsdeutsch, wie es heute so angewandt wird auf straßen und radwegen, und im restaurant auch, jetzt. z.b. im geschäft war ich nichts als diedeutsche für alle schlechthin, das macht die sprache, sie fällt aus mir heraus und setzt sich nicht nur ab, nein, in jedem gespräch kommt es zu diesen tesastreifen, die einen als ohnehingast aus dem norden zusammenkleben zu einem kleinen kügelchen, das man wegschnippen kann in richtung kasse.
so eine, sagt man hier, begreift gerade mal die umrisse der berge, der festung, aber keinen schritt weiter, und das ist auch gut so, ich lasse mich auf keinen fall über den kamm scheren mit diesen leuten hier, leute, die reden, wie ihnen der mund zugewachsen ist. hungertürmchen in den augen, das ist die mentalität hier, vorne herum sehen sie ja wie pralle tomaten aus, aber dreht man sie um, sind ganz schöne dellen drin. der schwarzenegger poltert ihnen im gesicht herum, und sie merken es nicht einmal. auf keinen fall komme ich hier an.

hat mich der kleine doch glatt gefragt, was denn mein beruf sei: was bist du eigentlich, hat er gesagt oder so ähnlich und hat wieder angefangen sich zu schneuzen. als ich geantwortet habe: nichts bestimmtes, hat er nur aha gesagt, sich wieder seiner sache zugewandt. die welt als brausetablette, und da ist das butterbrotpapier, auf das man sie naß schleudert und zusieht, wie sie sich entwickelt, dann eine gabel nimmt und stochert –

und wie heißt das? fragt er aber schon wieder, und natürlich gibt es keine antwort. »sei nicht so neugierig«, den ganzen tag wie aus der pistole geschossen gebe ich dir antworten, den ganzen tag, das muß doch jetzt nicht auch noch sein, sage ich nicht, wie sieht es hier überhaupt aus, rufe ich statt dessen, hier findet man seinen eigenen pulsschlag nicht mehr, doch nichts da, bleibt der kleine hartnäckig: »wie heißt das, was du machst!«
da findet der abgesang auf die arbeitsgesellschaft statt, und der kleine fängt voll an mit nachfragen nach arbeit: »selber wissen muß jetzt aber langsam sein, älter werden kannst du auch mal.«

und habe es ihm dann doch verraten: nichts bestimmtes, momentan verkaufe ich diese wohnung. – davon ist ja nicht viel zu sehen, meint er. – das sieht man ja auch nicht!

»dann bist du also verkäufer«, stellt er schließlich fest, und ich sage »naja, so kann man es auch bezeichnen.« bleib in bewegung, sage ich immer zu meinem konto, aber es spricht nicht darauf an, es geht an mir vorüber, als kennte es mich nicht mehr.

auch die welt in einer brausetablette verkleinert hat es nicht
geschafft, sie ist ganz soße, man hätte dem ganzen eine andere
laufrichtung geben sollen, denke ich mir. auseinandersprinten, auseinandersprinten! verteilt er sie über das ganze papier.

– du erzählst in die falsche richtung, sagt er ein wenig später,
so kommen wir ja nie ans ende.
– ich bin auch r2d2, versuche ich es da noch ein letztes mal,
und er sagt nein.
fängt ja schon gut an, der läßt sich wahrlich kein x für ein u
vormachen.

8

die chronologie ist schon eine wichtige sache, da hat er recht,
doch darf man mit ihr nicht in jeden gully hineinreiten, man
darf es einfach nicht übertreiben damit, sonst behindert man
den binnenverkehr der ereignisse. wer sagt denn, daß aus a b
folgt, vielleicht steht vielmehr alles schon im zimmer und übt
sich im querverkehr. hier ist es sicher so. denn hinter einer
knappen tünche an exotik verbirgt sich der reine sammel-
wahn, denn nichts anderes sind sie, die postkarten, zeitschrif-
ten und landkarten, natürlich: flurkarten, politische, alte wirt-
schaftskarten, liegen hier herum in stapeln, in regalen, und
der kleine räumt alles hervor. ja, sicher, das ist es, was kinder
brauchen: karten und pläne, sie lieben es, u-bahnpläne zu stu-
dieren und stadtpläne, landkarten und tabellen vor wettbü-
ros, sie sind die reinsten statistiker. man muß sich das einmal
ansehen, an jeder busstation, in den u-bahnen, vor den öf-

fentlichen wanderkarten, überall stehen sie und fahren mit ihren fingern imaginären strecken nach, überall nehmen sie informationsbroschüren mit, obwohl sie nicht lesen können, selbst beim arzt können sie es nicht lassen.

»ich sammle jetzt auch«, hat er aber gerade beschlossen. bin ich sein beliebtestes geldstück in der sammlung, oder was ist da noch da, frage ich ihn, doch er reagiert nicht. hast mich schon lieb, frage ich ihn erneut, hast schon diese miniatur-treppe im herzen aufgestellt für bronze-silber-gold, und auf allen dreien steht derselbe name geschrieben?
»das mit dem sammeln kommt aber vom krieg«, erkläre ich ihm, »nur man sammelte da nicht eben erinnerungsgegen-stände, wenn du mich verstehst.«
– sondern?

das hier sind wahrlich keine erinnerungsgegenstände, das hier ist die reinste festnahme, ja, in dieser wohnung campie-ren die dinge nicht eben, sie stecken tief im raum sozusagen, wer holt sie da wieder raus? und was macht man dann mit ihnen? am besten auf den balkon alles raus und dann über die stadt verstreuen, habe ich vorgeschlagen, oder durchs haus laufen und den leuten es anbieten? aber dann müßte man durch das treppenhaus durch mit seinen geräuschen, mit sei-ner mäuschenstille: vielleicht eine wasserleitung, vielleicht schritte, hin und wieder abruptes fernsehen, und am ende würde doch nur jemand aus einer wohnung herausschießen, für einen kurzen moment lang den blick ins innere freige-ben, mit einem ikeatisch dazwischengeprügelt, das wohn-zimmer zur erbsengröße verdonnert, und dahinter der blick in richtung stadt wie eine lessingbühne, stoff genug, stoff ge-nug, kann man wohl sagen.

in jeder wohnung, so habe ich ihm eben erzählt, hängt so ein schlauch, in dem eine ganze mannschaft an bauernhäusern versammelt ist, kuhdörfer und zwergerlberge, kirchturmspitzen, die man aufpumpen kann bis zu 3000 m höhe, und *blutstropfen* als heimatlämpchen wackeln am fensterbrett, von den kindern unglaublich gesammelt, die muttertagsartig losgestürmt sind schon jetzt im märz und alle möglichen pflanzen, die ihnen so unter die finger gekommen sind, herausgerissen und mitgenommen haben, sodaß draußen praktisch nichts mehr vorhanden ist. nein, nein, sage ich, das muß nicht sein.

9

blasen am fuß, pusteln im gesicht, so stellt man sich eine kinderkrankheit vor, man fängt sie sich ein im schwimmbad, in der dusche beispielsweise, oder beim schwimmbecken, hinter der grünanlage, irgendwo jedenfalls in diesem komplex in den sportfarben blau und weiß, mit springturm und rutsche. in freilassing schwimmen nicht etwa so rüschenförmige hausfrauen haarscharf am wasser vorbei, ängstlich immer die rot-weiße markierungsleine in der hand, nein, hier ist ein sportbad mit richtig viel jugendaufkommen, wie man es selten noch antrifft.
während der kleine »guckmal« ruft und schon zur rutsche rennt, sehe ich denen zu, unermüdlich groß werdende burschen mit der geschlechtssumme voll auf den lippen. während der kleine mir zuruft aus dem wasser, lege ich mich aufs holzbrett am fenster – und da ruhen sich auch keine opas aus, nein, man schießt sich gegenseitig luftblasen unter die haut.

während er auf den springturm klettert, schwimme ich schon wieder an so einem jungen vorbei, man berührt sich zwangsweise, das liegt an dem schmalen streifen, an dem man entlangschwimmen kann, zwangsweise berührt man sich in der begrünung, und zwischen den duschkabinen rufen sich alle was zu, während der kleine sich kringelt vor lachen, »fang mich doch!« schiebe ich ihn voraus durch den duschstrahl. doch habe ich was ganz anderes vor, während der kleine sich vor lachen kringelt, fixiert mich so ein 16jähriger, zeig es mir, möchte ich dem 16jährigen zuflüstern, zeig mir, was du kannst, schau weg, sage ich aber zum kleinen, und er tut es natürlich nicht, und so fällt weiteres flach. bleibt ein who is who an striktem händewaschen aneinander vorbei.

mit einem kind wird eben alles schwierig, selbst rockgruppen treten nicht mehr auf, ist einmal ein kind da, schließlich hat man es immer wieder gesehen, so manch ein himmel hat da schon das handtuch geworfen.

doch beim duschen wasche ich seinen pimmel, und man sieht, auch er ist ein mann, aha. er zieht aber seinen pimmel lang und sagt: guck mal, darauf kann ich gitarre spielen! und wedelt herum. »was ich alles kann!« – unsinn! rufe ich. »das ist kein unsinn!« bekomme ich es langsam mit der angst zu tun, und der kleine kringelt sich wieder vor lachen. und er winkt beim fönen und winkt beim eincremen und lacht, als ich ihn bürste.

die haut schützt die welt vor meinen Organen, scheint er sagen zu wollen, und erst die knochen, die würden alles brechen ohne haut, dumm aus der wäsche würdest du schauen, also faß mich nicht an. so tritt er auf: paß nur auf, du hast mich noch nicht kotzen gesehen!

man redet ja immer von blütenreiner haut bei den jungen, doch nichts davon ist wahr, es ist eine ungenaue haut, die macht einem angst, die kann einem richtig angst einjagen. ausgebrochene haare, ausgebrochene haut, und alles riecht. auf der anderen seite hat er nicht so einen brocken am laufen, im hals nicht und auch nicht im kopf, unter wasser steht er auch nicht, mehr unter strom, aber das ist wohl mein nerven-kostüm, das sich ausbreitet und ausbreitet, ist ja direkt flächen-deckend das ding, und darunter auch gleich der hormonhaus-halt, ja, so ist der mensch aufgebaut. bleibt nur die frage, bin ich der einzige insasse darin, oder wer ist da noch vorhanden?

nachher hat er aber gesagt: »hier ist es schön, laß uns noch mal hierherkommen.« und ich sage ja, warum nicht eine weile hierbleiben, sage ich ihm, als wir wieder zuhause sind, uns drängt ja nichts.

10

stimmt es also doch: ich hätte popsängerin werden sollen, oder mit einer teenieband ein rundumsystem darstellen, dann drüberbügeln, was geht, und absatzmarkt! absatzmarkt! eine gemeinsame seifenblase ausbilden, zum drinnenbleiben und übersprudeln von jugendlichkeit, bis die knallhart wird und abdruck gibt nach außen. aufhören damit mit 18, aber sicher mit 18.
– und was weiter?
– nichts, das ist ja der trick dabei.
– das gilt nicht.

also gut: nach afrika, nach afrika wär ich schon gerne noch mal gekommen als glücksritter als glühbirne und dann zumindest flachbauten besichtigen. du weißt ja, afrika, europa und amerika driften auseinander, die kontinentalplatten verschieben sich, und eines tages werden sie alle verschwunden sein, auf nimmerwiedersehen, d.h. man muß zusehen, daß man da noch mal hinkommt.

man könnte ja in der zwischenzeit was spielen, schlägt der kleine vor, schwarzer peter! ja, ein kartenspiel, aber es klappt nicht, es geht zu schnell, bald hat es uns überholt. in zimmertemperatur verlorengehen, das ist, was bleibt.

und hinter der wand uhrzeit hocken die blumenkästen und rufen sich so sachen zu: »zeit kostet geld«, oder »wir werden doch alle am selben topfrand zerschlagen!« und: »ozonloch stimmt schneller.« das alles unterm reißverschluß, der sonntag heißt – diese stadt ist ja nicht gerade ein heißes pflaster!

auch in der wohnung passiert nichts, wir kommen nicht nach vor und nicht zurück, über bord werfen wäre langsam die angemessene herangehensweise, doch wohnungen können ja spazierengehen, von einer hand in die andere, und außerdem die beweglichen gegenstände, die man dabei herausfiltern kann, doch wie man sieht, sehr weit sind wir noch nicht gekommen.

notorisches händewachsen, das hält man ja nicht aus, und die
füße, immer werden sie noch größer, immer gröber die ganzen zellen, wo soll das denn hinführen, denk dir mal lieber
was neues aus.

– wohin fahren zum beispiel?
– ja, das wäre mal 'n anfang.
– nach italien?
– neapel.

– und nachher träumst du wieder schlecht.
– nein.
– nachher träumst du sicher wieder schlecht.
– aber sicher nicht. quengelt er.

nachts wacht er auf und schreit. natürlich! »was siehst du?«
frage ich ihn. »alte männer«, sagt er bloß, »und frauen, aber
die tauchen weniger auf.« wie alle kinder beherrscht ihn ein
hang zur überdosis.

draußen ist gefährlich, könnte direkt von mir stammen, doch
er ist es, der es ausspricht. ich sage: unsinn, doch er sagt nein,
ich will da nicht raus, läßt er verlauten, und ich weiß nicht,
wovon er spricht. sein kopf, eine einzige barbiepuppen-
schleuder, etwa wieder auf sturm geschaltet? ein gesundes

mißtrauen gegen die justiz, den staat, das möchte man ihm schon wünschen, aber daß es so weit geht?

dann sehe auch ich aus dem fenster, sehe wieder den jungen bei der archaischen teppichklopfstange, der sitzt auf seinem mountainbike und fährt mit diesem, die hand immer fest an der stange, leicht nach vor und zurück, starrt dabei in richtung hausfront und scheint zu warten. was hat er vor? lange haare und darüber hinaus? das mögen sich wohl mehrere hausfrauen fragen, und nur ich weiß die antwort: er wartet auf ein zeichen von mir, ein kleines geräusch, mit dem spiegel die sonne ins gesicht oder so, das wollen sie ja alle: nicht mehr ganz mamas liebling, schon ausgerutscht, das volle tekknooutfit hat der schon am laufen, aber das war gestern in der waschküche. gibt es nämlich so eine waschküche da unten, da kann man sich kennenlernen, zwischen den feuchten laken und leintüchern ist praktisch nichts zu erkennen, plötzlich stolpert man übereinander und verliert den boden unter den füßen, man verwickelt sich in den laken und stößt schnell eine intimtür auf. »hallo!«

aber zuerst getroffen hat man sich im supermarkt, der kerl, mit nichts als erbsen im kopf

          nur stroh, das sticht, aber auf angenehme art, das kitzelt unter den achselhöhlen, habe ich mir gesagt zwischen den regalen, den dosen und saftpackungen, zwischen den ganzen ablaufdaten und kühltruhen starrt man sich nur an: »wir kennen uns doch?« – natürlich, das schwimmbad!

– wo wohnst du eigentlich?
– na, wo denn, in berlin!

– ach, was, und warum bist du dann hier? zusehen, wie gänseblümchen aus der haut fahren können?
– und selbst? fragt er.
die erste etappe einer reise, die man um den globus legt, und dann landet man mitten in den achtzigern?

jedenfalls geht im metallzickzack der zentralheizung einiges verloren, nicht eben das neueste, hat aber was davon. easy listening, sagt er dazu, das leben als heizdecke, als übertragungskabel, als verteilerdose aufmöbeln. so hatte ich jugend nie gehabt, nee, nee, unterbreche ich ihn, er hat mich dann etwas böse angesehen: »was, du hattest 'ne jugend?«
schnell ist man angezogen heutzutage, schnell wieder völlig gekleidet mit einer frage. in der waschküche jedenfalls ist ständig dieses summen zu hören, diese elektrische milch, die da herumschwimmt im keller, das gefühl, alles könnte mit einem mal explodieren, habe ihn schon oft begleitet, nennt er das, und ich antworte nicht, doch er erzählt ohnehin schon weiter von der schule: die nervt! er ist doch schon zu alt dazu, jahrelang war er heraußen, und jetzt ist er wieder drin. »umschulung« sagt er, und ich weiß nicht, was ich davon halten soll. »aber was soll man denn sonst machen«, meint er noch und grinst: heutzutage geht doch ein jeder zur schule oder tritt auf der stelle.

und wirklich, beobachte ich tagsüber im bus einen schüler, und wie er auf sein neues handy starrt: komm doch, so komm doch! – kommt eh nichts raus, kein tröpfchen, lachen die andern: kriegst ja doch nicht gebacken! tatsächlich, einen block weiter gibt der typ auf.

du und deine männergeschichten, sagt der kleine dazu, und ich küsse ihn vor dem schlafengehen. »hast ja keine ahnung!« decke ich ihn zu, selbst im dunkel werdenden zimmer ist dieses summen wahrzunehmen, es geht durchs ganze haus und wird auch nicht weiter von den möwen unterbrochen, die man durch die betonsiedlung segeln sehen kann, sich wieder setzen auf die balkonbrüstungen, die fernsehfenster dahinter klatschen auch nicht.

vogelfernsehfrei
ist man hier.

13

gegenüber die wohnblocks, diese brocken, andere kinder spielen da – streetball, ruft der kleine, geil! und steht schon beinahe unten, guckt, wie sie spielen. sie zünden auch knaller und legen feuer in schuppen, in lagerhallen, sie sind kleine feuerteufel. während drinnen die eltern unter platzproblemen leiden, stehen draußen die kinder und lassen sich was einfallen. man führt hier quasi ein schattendasein am rande der kinder, es kommt einem nichts zu, was lebendigkeit betrifft. doch geht es jetzt immer schneller mit dem aufwachsen, geburtstage wie eier im gesicht zerschlagen, machen hier alle, und da ist schon wieder einer.

»komme um 6 uhr wieder« steht auf dem magnetboard, das war ich, um ihn mit seinem besuch alleine zu lassen. findet also tatsächlich so ein kindergeburtstag statt, kommen die kinder herein, grüßen artig und verwandeln sich dann zwei

schritte von mir, schreiend laufen sie ins zimmer hinein. und
während die kinder sich über das eßbare darin hermachen,
gehe ich spazieren, die hauptstraße entlang, die einwandfrei
ins zentrum führt, zum *weltstädtchen*, versuche ich da zu früh-
stücken, doch es gelingt mir nicht.

ein treffen mit einer schulfreundin, warum nicht? warum ist
mir das nicht gleich eingefallen, ein bißchen »wir nebenan-
rinder« sagen, wäre schon nicht schlecht, den alten flügge-
traum durchwälzen, den man gehabt hat mit 15, 21, 33, 42,
64, dazu fehlt mir nur noch die telefonnummer.

eine schulfreundin, die verdiente, daß es kracht, die auch die
richtige ausbildung dazu hat, womöglich *kleßheim*, hotelfach-
schule, und in den letzten fasern einer beziehung zu einem
gewissen andi, rudi, franz steht, sich dabei das halstuch zu-
rechtrichtet, an irgendeiner marineblauen jacke nestelt: und
wie geht es dir? oder so mich dann kurz fragen würde, damit
die sich in ruhe weiterschneuzen kann in ihr algebrataschen-
tuch. das schlimmste ist ja, daß man darauf antworten zu geben hat, doch ein mund alleine macht schließlich noch kein
gegenüber, da muß man schon zu zweit durch. also eisen-
bahngleich ein hin- und hergeschiebe von informationen
über seinen verbleib. einander ähnlich sehen, darum geht es
dann heftig, und wie die uhr so schön zusammenläuft, und
wie sie ihr pelztier nicht aus den ohren nehmen wird –

doch vielleicht ist alles ganz anders, aber dann wird sie ein
kind haben, das florian heißt und im nebenzimmer buntstifte
großzieht, weiters keinen mucks von sich gibt, während man
in der küche vor zwei ökotassen die füße hochzieht, »du
willst doch tee, oder?« – »natürlich, danke.« alleinerziehen-

de mütter sind sauer auf alles, was sich bewegt, schießen sie, weiß ich aus eigener erfahrung, doch diese da wird eine polsterwärme ausstrahlen, daß einem angst und bange wird, deswegen werde ich beinahe nichts sagen. bald werden wir uns leicht streiten, aber alles mit bindestrich versehen, und hinten nach kommt dann das zaghaft-wörtchen, nein, man mußte nicht unbedingt auf du und du sein mit seiner vergangenheit, habe ich wohl beschlossen und bin ins kaffeehaus.

im prinzip verriet nichts plastisches die gerade musik, die drei millimeter unter meinem mund verlief, ich nenne so was *singen in bad oder klo*, ich nenne es *freundlichkeit*, darauf läuft es hinaus, und wirklich fingen die menschen in meiner umgebung prompt an zu rauchen, sah ich in jenem kaffeehaus, das mich langsam anzustarren schien aus stellen. die hin-und-wiederfreundlichkeit des kellners fiel mir plötzlich auf, die handbewegungen, wie kurze flecken blieben sie stehen im raum: »ja, ich komme gleich!« und dann gedehnt: »einen augenblick noch!« er schien mich loswerden zu wollen, nannte es *singen oder lachen in bad und klo*, was nun keinen schritt mehr weiterkommen wollte, weil ich die drei-millimeter-grenze der öffentlichkeit auf einmal spürte. dick aufgetragen erschien mir die kaffeehausszenerie, alles fiel etwas größer, lauter, schneller aus, als es in wirklichkeit sein mochte, außerdem sind kellner in badehauben selten, dieser schien aber eine aufzuhaben, denn er hörte nicht zu, die seinige ging ihm sogar übers ganze gesicht, denn sehen tat er auch nichts mehr, statt dessen ließ er mich nur noch links liegen.
ach so läuft der hase, ach so geht der busch, habe ich mir dann gedacht.
– und was hast du dann gemacht?
und dann noch die furchtbar interessanten männer am ne-

bentisch, hielten sich weiter vor mir auf, hielten ihre hände
aus sich heraus, ließen sie herumfallen im gespräch: immer
in die betonung geschickt ihre sätze, immer in die büchse
geschoben ihr lachen, auf dem stand in großen lettern »ganz
ganz spannend«
– und was hast du dann gemacht?
»angenehmen guten tag wünsche ich noch.« habe ich mir
gesagt und wurde unterbrochen vom viermal-laut-ausrufen
von namen bis nachnamen, auch vom nachbartisch ging keine kuchenstille aus, sondern brechendes miteinander zweier
mädchen, die mit einer dritten im bunde laut sind, bemühte
gören, könnte man sagen, geheimratstöchter, in beige-mari-
neblau versetzte beistriche –
– ja, aber was ist dann geschehen, schreit er, und alle im raum
können zuhören.

auch im kaffeehaus, ort der begegnung, ort der tankstelle, fand
ich mich nicht mehr zurecht, ich stand auf und ging hinaus,
verließ die räumlichkeiten, ohne etwas getrunken zu haben,
ließ den kellner kellner sein und stellte ihm kein bein, wie
man es vorhaben könnte. was nun? habe ich mir draußen gesagt: eine bank ausrauben, das war es auch nicht, und zum
einfachen ladendiebstahl fehlte mir so die richtige lust, aber
eine brieftasche hatte ich mitgenommen, und es war nicht zu
sagen, wem sie gehörte. jedenfalls beinahe 2400 schilling drin.

man steckt ja nicht von geburt an im silbernen löffel, man
muß sich schon ganz schön darauf konzentrieren, bis er zustande kommt, und am ende hat man doch aufs falsche pferd
gesetzt und steht dann da. milde schizophren sein, das ist es,
was man noch sein kann, und sonst nichts als arbeit, nichts
als die arbeit den ganzen tag lang, hörte ich auch draußen den

postler zum frührentner sagen, aber da muß man ja froh sein heutzutage – man kann sich ganz schön verrechnen – 2400 schilling, dachte ich mir dazu meinen teil, und die stadt in kapseln, schon stand sie wieder vor mir da. verpaßter platz von einem erzbischof beschlossen und dann auch nur stehengelassen unter anhaltendem dom, und überall das möwengeschrei, überall in der stadt kann man es hören, es steckt in allen dingen, ansonsten: geradeausmäntel & auswendige kleidung, das sind die deutschen, dagegen die italiener: nicht wiedergutzumachende pelzmäntel auf streichholzabsätzen, die zehen aus glas, die frauen, deren münder verziert und um 180 grad verstellt, und über die japaner redet man nicht, die ahmt man nur nach.

aber jetzt sind wir reich, wir sind reich und keine steuerfahnder im raum, menschen, die die rolltreppe innen wohnen haben, und alles geht nur abwärts – ja, da ist niemand mehr, fällt mir erst jetzt auf: keine andern kinder da, wo sind denn die hin? – weiß nicht, waren doch deine gäste. ihn in gesellschaft einbinden, das wäre es, doch woher nehmen, wenn nicht stehlen.

14

versuchter funkverkehr nach berlin: hallo, hallo, hallo! dann die anrufbeantworterfrau, an der muß ich noch vorbei: stimme wie 1 gänseblümchen, piept ein bißchen, aber dann gegeneinanderberuhigt: ist karl da? – nee, soll ich ihm was ausrichten? – nicht nötig.

und ute redet die ganze zeit von nichts anderem als dead-line daher – was für dead-line, wo lebst du? – »pixel park«, kommt es zurück, »was denkst du denn?« – stelle mir ute vor, das mädchen aus schulfunk und gebüsch zwischen all den typen: die hat sich aber sauber abgekabelt, macht sie jetzt allen unsinn, um alt zu werden für sony, adidas und schwäbisch hall, und das nur, um anzukommen im jahr 2000.

da habe ich sie noch vor kurzer zeit unschlüssig bei jener u-bahnstation zurückgelassen, nicht wissend, ob sie sich für wittgensteins maus aus grauen fetzen oder für wunschmaschinen interessieren sollte, ein schritt nach vor, ein schritt zurück, aber mehr ist da nicht geschehen in den letzten wochen. nicht gerade leichte frottierhaltung dem leben gegenüber, nein, kann man ihr nicht nachsagen, trotzdem dieser enthusiasmus: eh keinen dispo und groß rauskommen wollen, das motto der neunziger! ha, und wieder weitergeschossen auf den vogel der alma mater, was da wohl für einschußlöcher bleiben? doch das ist jetzt alles vergangenheit, jetzt gilt es, nichts als die düsenform in den augen anzulegen zum mitfliegen ins nächste jahrtausend – nimm mich mit, will ich ihr noch zurufen, doch schon ist sie fort.
gute güte, kaum kehrt man berlin den rücken, dann geht es gleich ein in die kraut- und rübenbewegung.

15

da sind sie wieder, die außerirdischen!

es ist wie eine sache, die einmal ins rollen kommt, und dann
ist es da, das geld. im schuh drückt es wenig, dafür im kopf.
»wohin damit?« fragt sie, und er sieht reflexartig auf seine
uhr: »was? so spät schon! oje!« und schon sehen sie sich von
einem investmentspezialisten zum nächsten laufen, von einem notartermin zum andern, da kaufen sie grundstücke und
häuser en gros, das ist beständig, hat man ihnen gesagt, das
bleibt, »was liegt, das pickt« hat man ihnen gesagt, auch noch
in zeiten des euro. doch gemeinsam mit ihren kapitalertrags-
händchen lachen sie sich in restaurants halb kaputt über die
mickrigen rechnungen, die wir nicht gezahlt hätten, weil wir
nicht könnten, sie aber zahlen sie gleich zweimal, weil es so
viel spaß macht und treffen dabei auf yellowfreundlichkeit in
anzugsgrößen. eine tennishaut nach der anderen spult sich ab
vor ihren augen, und auch die nudelsuppe ist bei ihnen aus
kokain: da rieselt ihnen der porsche ins blut geht er über, ja
bald haben sie sich eine ganze reihe an sportwagen zugelegt,
sodaß sie ihr kind gar nicht mehr entdecken können zwischen all den autos, kurz: da ist abhotten angesagt, das ganze
einweggeschirr an möglichen problemen. denn gibt es welche, dann raspelt der bursche mit einem affenzahn über sie
drüber, und weg sind sie alle. und neben 100 meisterwerken
an sex zwischen begonien, zwischen liegestühlen und in te-
lefonzellen bleibt nicht viel davon übrig – übrig bleibt, kau-
gummiblasen nach sich ziehend, das total neglected kind, das
immer mehr den körper zur fernsehstrecke verdonnert –
– und was dann?
nichts, weiter geht es mit den fuzzy-gestalten mit direktan-

schluß ans vergnügtsein, sie treiben es. wenn diese bilder ihren letzten babyspeck abwerfen, dann bleibt nicht viel über.
irgendwann erinnern sie sich an die zeit, in der sie ihre wohnung zur kneipe gemacht hatten, weil es billiger kam, die
country-musik rodelte über sie hinweg, durch sie durch gingen kästen an bier. ach damals, sagen sie dann und schlagen
das fotoalbum wieder zu mit tierisch viel drin-kleben an vergangenheit.
– und was dann?
total überfordert, sagten sie letztendlich in einer zeitung, total überfordert seien sie mit der gegenwärtigen situation.
– und was dann?
– wie und was dann?
– ich meine, wie hört es auf?
kein ende, es sind mehr so die visitenkarten, die umhergehen, quasi die runde nehmen und nicht mehr aufhören können.

16

»mußt schon mal in die schule gehen«, sage ich ihm, immer
schwänzen, das geht auch nicht. – wann fahren wir endlich
wieder nach berlin? hat er mich eben gefragt und eine »was
lungerst du hier schon wieder herum«-antwort bekommen.

– will ein haustier, meint er nur dazu und zieht schon einen
rattenschwanz an haustieren nach sich: wenn schon keine ur-
laubsreise, dann ein haustier!
– von urlaub war doch gar nicht die rede?

– du vielleicht nicht, aber ich, ich rede schon eine ganze weile davon.

langsam dämmert's mir: dieses kind kann wunsch von wirklichkeit nicht unterscheiden, es läßt den o-ton stehen wie einen alten opa und denkt sich ganz was anderes aus. man wäre besser ins kino gegangen, als mit ihm hierherzukommen, wird mir langsam klar. oder im sozialen knistern des kassettenradios verschwunden?

haustiere: die beste direktverbindung zum verschiedenwerden. besonders die meerschweinchen machen mir zu schaffen, ich meine, alles bläst sich auf und wird nur noch dicker. ich meine, die meisten tiere schlampen innen zu, sie passen nicht auf.

fein, hat er sich dann wohl gedacht, dann bastle ich mir selber eins. so zumindest hat er die beilage aus dem fix&foxi verstanden, dieses pulver, das man bloß in wasser streut, und schon entstehen lauter kleine wesen, die in der skizze sogar menschen nachkommen, in einem goldfischglas kleine familien bilden, und dann hat man den salat. eine art kelly-family an haustier, leben auf eigene rechnung, sagt er, genauso wie wir. das macht mich nachdenklich, doch passiert ist dann nichts.

»jetzt aber musik!« rufe ich, um ihn abzulenken, doch schlägt es nicht so recht an. da stehen wir am fenster und sehen hinaus, unten stehen sie, körpertüren mit spitzem i im gesicht, aus der tapete stechen aber noch keine hervor, gottseidank.
– was machen die kinder da unten, frage ich, um ihn abzulenken – abwarten, sagt er bloß.

erzähl mir eine geschichte, hat er nicht gefragt, trotzdem erzähle ich sie ihm:

meine eltern haben mich nie berührt, aus angst vor geschlechtlichem kontakt, haben sie aber nicht gesagt, wem wollten sie den in die schuhe schieben? aber auch ich hatte meine tricks entwickelt mit der zeit, und in wirklichkeit hat es meine eltern auch nie gegeben, aber die schule, die gab es, die schule hat nie schluß gemacht mit mir.

du weißt ja nicht, wie es ist in so einer mädchenschule, einer salzburger kreditanstalt des katholischen geistes, da hängt man sich noch an jedem strohhalm auf, und zwar mittels vespa, mittels karton im gesicht. das ganze dann abgesegnet von so einem huhn an direktorin: klimaanlage statt augen, dampfabzug statt hirn. da wurde der maßnahmenkatalog aufgeschlagen, draufgetippt, und schon war es geschehen: wieder eine geschlechtsreife übertragen! kein feuer unterm arsch konnte da auf durchfahrt schalten, nur die gemütslage eins und zwei sich verdoppeln und weitertrippeln auf dem weg zur unendlichkeit unter jesus.

ach, meine geleis-arme schulzeit: da war es ebbe, was die gegenwart betraf, da blieb nur der miniaturanhänger von snoopy um meinen hals, der die blickrichtung nie wechselte, was nachzumachen einen gut durch die 80er jahre brachte: pudelblicke warf man sich durch diverse magazine zu wie bravo und popcorn, um später bei brigitte oder vogue zu landen, doch bald war alle luft ausgegraben, die der raum so hergab, und man fiel prompt in ungnade bei dem sonnenschein an klassenkameradinnen. sie versuchten es zunächst mit schußwaffen ganz aus verständnis und waren dabei die längeren hasen am ast, der schon schwang in einen gegeneinanderanfang hinein, weil das aufsichtspersonal ebenfalls in diese richtung stank.

selbst im klo hielt man mit den händen diese fahrtrichtung ein, auch die augen wurden stets zurückgestrickt in ihr muster aus geradeaus und geschwindigkeit. und doch muß wohl irgendwann eine u-bahn wie ein fenster in der nacht aufgeblüht sein, in das man hineinspringen konnte, kopfüber in berlin landen und die stadt als kaugummiblase um sich halten, so habe ich es gemacht, doch ist nicht viel übriggeblieben davon, wie man sehen kann. aber jetzt habe ich wenigstens den finger am abzug, ich sitze am drücker sozusagen, informiere ich ihn, der noch immer am fenster steht und von haustieren träumt, zumindest hat es den anschein.

doch in wirklichkeit war man natürlich nichts als im auto gewesen die ganze zeit, mitgefahren sind hinten aber nur drei ängstliche hasen, die pfoten ganz mitreise, der kopf weit draußen in der landschaft, voneinander abgewandt, brüderchen rechts, schwesterchen links, man selbst in der mitte und ganz weit vorne die eltern, ein durch und durch symmetrisches erlebnis. die aussicht blieb im trockenen, da war nichts aufregendes zu entdecken, keine wiesen, die es in sich hatten, kein bißchen fleischfarbener wald namens berlin, der zuschlug mit großartigen sprüchen, durch den die baseballschienen führten oder gar eine bierstube voll zukünftiger denker drin, nein, statt dessen »klappe halten!« stand überall an den türen und fenstern und auch auf dem sicherheitsgurt, daß man beinahe nicht mehr durchblicken konnte zur direktwüste da draußen. und nur der toaster gab geräusche von sich, irgendwie darin verwickelt die hände, ließen eine hin-und-wieder-bräune entstehen. dann sagte man »adria«, nickte und hakte die sache ab. schon wurde es wieder still, bis auf das ticken der uhr, das fiel nun ins gewicht und machte keinen platz für gar nichts mehr. »der sekundenzeiger verläuft sich nie.« so sagte man damals, also hielt man ganz große stücke darauf. lange hatte man sich eine stoppuhr gewünscht, mit deren hilfe genau zu messen war, wie lange man die luft anhalten konnte, doch die autouhr tat es auch: »einmal sogar 2 minuten geschafft.« »ich mache locker 3.« und überbot sich weiter, bis man eines tages über die erste stunde, bis man eines tages gar keine luft mehr brauchen würde, war es noch lange hin.

doch vorher würde man rausgeworfen werden mit dem schleudersitz aus dem auto, bleibt aber dann in der luft nicht lange hängen, sondern landet in jeweils ein- bis zweizimmerwohnungen, hat einen beruf und creditkarten in der brusttasche sitzen, und ist man ein mädchen, dann geht es nach 17.00 wieder aufsammeln das bißchen liebesleben, das sich am schreibtisch, am boden und dazwischen noch verkriechen kann, irgendwann schauen dabei kinder heraus, die zieht man im bauch groß, und dann hinaus aus ihm und läßt einen fahren, weil man sich so freut.
irgendwann findet man sich im auto wieder, im kofferraum jetzt ein haufen geld und auch die hände schön kariert beigelegt dem kuvert mit dem ehrendoktor für kurzatmigkeit. und wieder das leere land, die bäume links und rechts nimmt man nicht mehr ernst, auch die anderen treffen ein, die nennt man allesamt pappkameraden, lacht, sagt, meine pappkameraden – oder ist man doch zurückgeblieben am straßenrand, und neben einem nichts als menschen, die alle einen studienabschluß wollen oder eine ausbildung als terpentin, das einen so richtig losbeißt vom übel der zeit: eine fähigkeit, die man

anwenden kann als zunächstsonne, das pass-word zum ein-
geweide. aufgrund eines technischen fehlers verzögert sich
die weiterfahrt, heißt es dann, aber das ist die u-bahn, in der
man plötzlich steckt an der seite eines Mannes, mit dem man
möglicherweise spiegeleier braten kann, aber um himmels
willen nicht länger reden als zehn Minuten, also verfällt man
auf etwas anderes.

und im durchschnittsgeld lachen dann die hühner – und
manchmal das gefühl von intensivem rückwärtsgang –
aber nein, aber nein, denke ich mir, da hinkt der faden doch
gewaltig, denke ich mir.

nicht so der eisberg, von dem hier eigentlich die ganze zeit
die rede ist, der denkt an gar nichts, nicht einmal ans verschwinden, was ihm vielleicht gut bekommen würde, er sieht
nur aus, wenn auch nicht ganz. seine spitze nämlich ragt weit
in die vergangenheit hinein und verursacht dort so manches
schiffsunglück.

18

andauernd rufe er mir lösungsworte zu bei dem kreuzwort-
rätsel, das ich da durchlaufe, und ich greife nichts auf.

– ach was, dann laß mal sehen: durchschnittsantwort eines
sechsjährigen?
– was weiß ich, ist schon so lange her –
– das ist keine antwort.

– der gefriertruhenton eben.

– sein größtes hobby?

– zusammenschrumpfen auf die größe einer 5-pfennigmünze und sich dann wegstecken.

– zu viele buchstaben! –

– dann eben ab durch die mitte.

– zu spät! zu spät, rufe ich.

– und du wiederholst dich!

– ist doch nicht das schlechteste. weiter geht es im text: dieses plastilinmännchen hält uns wohl alle am kochen?

– selbst schuld! ruft er.

– auch eine antwort, gilt aber nicht!

türeschlagen. irgendso ein psychoengel tobt sich bei uns aus, da ist nichts zu machen. bleibt also die preisfrage: wie ihn wieder in die zahnpastatube zurückstricken?

und schon wieder kann ich ihn beobachten, wie er sich über ein comic beugt, dabei die stirnfransen immer wieder hochbläst: du kannst doch nicht lesen? da sehe ich ihn über den buchstaben, sagt er langsam etwas in sie hinein, wie aufgezogen, das kind in den lettern, wer holt es heraus? ich weiß, er beugt sich über die buchstaben, damit ihm keiner in die quere kommen kann, »ich kann nicht lesen«, entgegnet er endlich, »ich kann nur knicken.« da bin ich aber erleichtert.

was ich unter beherrschter aggression verstehe, ist ein bißchen die stimme anheben, langsam, daß sie nicht platzt. ist,
ein blatt papier einreißen, einen zahnstocher entkernen. mit
einem kuli eine zeile ausstreichen, das ist im bereich des
möglichen, in die breite gehen, aber mäßig, immer nur schön
mäßig, das kleine bißchen eben, das uns allen zu schaffen
macht, und oben und unten ist dann immer noch platz.
doch entschuldigen muß man sich nachher auf alle fälle,
hörst du, bei den alten damen hier im bus, sowie bei den jungen. du kannst den leuten hier nicht auf den füßen herum-
trampeln und dich dann nicht entschuldigen: marihuana ge-
raucht hat hier niemand, sie alle bekommen mit, was du hier
machst.

»hörst du, ca. einen meter unterm herzen fängt die welt an
umzuschlagen in ganz was anderes, und du merkst es nicht
mal.«

also ein blatt papier einreißen, den zahnstocher entkernen, in
kleine ameisen zerfallen und auseinanderstreben, ja, das geht,
aber nicht, wie du den leuten auf den füßen herumtrampelst,
das führt zu nichts. du lebst nicht alleine, da ist immer jemand da, dich hat immer schon jemand gesehen, wolken sitzen hier keine herum, es sind menschen, und nicht metall-
spanner im beton, sie beobachten einen. peinlich genau ist
die umgebung, die einen betritt. nur man selbst ist ungenaue
haut, nur man selbst ist ungenau gebaut. also mitnichten sich
aufführen, mitnichten herausstechen, man wird nicht ernst
genommen, wenn man schreit, wenn man spricht, wenn man
aus der umgebung sticht.

und: drei schuhnummern zurück! rufe ich, als nichts kommt: eine zahnregulierung in den mund, wie sich das für das alter gehört! noch mal anfangen!

»eines ist sicher, die fingernägel werden dir hier nicht auswachsen, die werden schön drinnen bleiben in dir.«

der kleine sagt zu so etwas üblicherweise nichts, macht auf notknick ins andere universum, sitzt da und starrt, starrt auf die straße, ist doch glatt am ende des winters selbst diese kleinstadt an ihren nähten gerissen und heraus kommt die innenfüllung: papierfetzen, dosen, bleiche gestalten, gesichter wie autos, nicht gerade von funkstille umgeben. die blickrichtung ist ja nicht angeboren, aber das werden sie schon noch richten.

20

plötzlich hat der kleine seinen kopf, wie angenagelt – das ist ja furchtbar, sagt auch die nachbarin, selbst der typ vom stock unten links meint, das wäre eine schlimme sache, und beim wäscheaufhängen traf ich wieder den einen, der fand das auch nicht in ordnung.
besser, er bekommt jetzt sein eigenes zimmer, beschließe ich, das badezimmer, warum auch nicht, habe ich eben noch beschlossen, und schon hat er ein anderes kind bei sich – wir spielen, sagt er, doch ich weiß es besser: »ihr macht doch unanständige sachen.«
– nichts da! ruft er, und ich beobachte sie weiter durch den

türspalt. da geschieht in zimmertemperatur so manches: ihr raucht ja, zische ich, und sie sagen nein, und weiter sehe ich ihnen zu, wie sie miteinander reden: insekten flügel ausreißen, das könnt ihr, aber sonst? haltet euch wohl gut unter eurer haut versteckt, aber ich höre und sehe euch genau!

kinder von unten nennt sich das, in wirklichkeit ist es ganz was anderes. auch entdecke ich ihn immer öfter am nachbarbalkon: was machst du da?
– hineinsehen.
– du spinnst wohl!
– habe dort freunde, sagt er, doch das stimmt nicht. steht er da und glotzt in eine wildfremde wohnung hinein, als ob aus der was rauskäme.
hubschraubereinsätze werden darin nicht gerade geflogen, kann ich später selbst feststellen: einfach eine fernsehecke am dampfen und bilder an den wänden wie taschentücher. eine ikeawohnung wie jede andere.

das kind stiehlt, denn schon wieder ist meine geldbörse leer, und er sagt nichts dazu. warum ist die hier leer? frage ich ihn.
– weiß nicht, so seine antwort.
also ein wort zum sonntag hat der schon nötig, würden jetzt auch andere denken, ja, manche würden jetzt gerne zugreifen und sagen:
                   übrigens, er verdiene jetzt, unterbricht er mich aber.
– wie? das habe ich schnell heraußen!

er möchte jetzt aber wirklich sein eigenes zimmer, sagt er bloß darauf. »grabe es dir doch aus«, so meine antwort, doch dann tut es mir wieder leid. also baut er sich einen verschlag

im flur, in der garderobe hinter den mänteln hängen poster
an der wand, und lipsticktraces, lipsticktraces! direkt hinein
ins bon jovi-alter, die mixmaschine hirn voll auf sturm geschaltet! nichts wie weg! »und was das alter betrifft, über-
hole ich dich sowieso!«

– lebensgröße, das mal erreichen!
– lebensmittelgröße, meinst du wohl.
sein horizont steigt an, ich fühle es, was dagegen machen
muß anfangen.

21

was habe ich gehört, begrüße ich ihn, du tust mit beim über-
fallen alter frauen, man sieht dich stehen auf autobahnbrük-
ken und runterwerfen steine oder ähnliches. sehr viele unfäl-
le hat es schon deswegen gegeben, man hört überhaupt viel
von unfällen in letzter zeit, kaum einer kommt dabei durch,
heißt es.
– wer sagt das? – die frau von unten – die kann mir gestohlen
bleiben. –
im radio geben sie es auch schon durch, außerdem die sache
mit dem laden, hier – ich werfe ihm die stadtzeitung hin –
lies, was sie schreiben.
er sieht mich an: was du nicht alles glaubst! – und: außerdem
bin ich doch viel zu alt dafür.
– das alter ist keine ausrede, mein lieber, ich habe schon ganz
andere kinder herumlaufen sehen und abknallen, was ihnen
vor die nase kommt.

– ja, aber das war das fernsehen.

– 1 zu null für dich. was machst du also? – wir sind unterwegs, treiben geld auf, kleine geschäfte, sind fahrradkuriere.

– wer braucht denn hier einen fahrradkurier? – von einem büro zum anderen, von privatleuten dorthin. – privatleute, was du nicht sagst, büros? die gibt es doch gar nicht.

draußen so ein vormittag, irgendein lkw fährt vorbei, ansonsten passiert nicht viel, alles sucht eben weiter seinen reißverschluß zum aufkreuzen und findet ihn nicht, auch kein richtungswechsel hinsichtlich der häuser möglich, und so erscheinen einem hier bald die zebrastreifen als dickicht, und nachts, das konnte ich schon beobachten, drehen sie sich heimlich um.

»ist wohl so eine art mutprobe«, fange ich wieder an, das braucht ihr: ein bißchen die mädchen kitzeln, bis kein pieps mehr kommt, ein bißchen den insekten die gliedmaßen ausreißen, das reicht euch wohl nicht, jetzt müssen es auch noch autofahrer sein und pensionisten, schadensbewilligte personen, nennt ihr die –

– ich habe doch schon gesagt, daß ich nichts damit zu tun habe, behauptet er, doch ich lasse nicht locker: warum steht es dann in der zeitung, warum sagen sie es im haus, warum bleiben die augen mir offen nachts, und ich mache mir sorgen?

schließlich schreit er: das bin nicht ich gewesen, das sind die andern! doch ich rede schon weiter: am liebsten kurzen prozeß machen mit dieser gesellschaft, das ist es, was du willst. am besten gleich eine betondecke über die stadt und schluß. nicht wahr, das ist deine mentalität!

– du hast wohl den vollen durchblick.

– oder zuschlagen als kaufhauserpresser, als oetkermenschen
herumstiefeln oder nestlé-nestlé, schlage ich ihm vor, ist es
das etwa? bist so ein totschläger geworden, der nichts kennt
und auch nichts wissen will.
– den draht möchte ich sehen, den du zur welt hast, so der
kleine, wie marionettenholz klappern deine augen daran.

am nächsten tag komme ich wieder: was denn, und das hier?
und tippe auf so ein foto – steckt in schwierigkeiten der
mann, stellt er fest. ist es das, was du willst, sieht so die frei-
heit aus? den schädelknochen übers ganze gesicht ziehen,
sich unkenntlich machen, ja, das gesicht auf einen knochen
zusammenziehen und zwischen all den straßenschlurfern
hervorzischen, dann zuschlagen. aber eines sei gesagt: was
du vorhast, ist wie in einem auto spazierengehen, man wird
immer dabei erwischt! und nebenbei: ein diebstahl macht
schon zwei jahre, während körperverletzung im affekt einen
höchstens bis zur halskrause ungemütlich erscheinen läßt,
sicher suspekt, aber die rädchen bleiben in betrieb, das ist
bekannt.
darauf sagt er nichts, er packt seine sachen, »muß gehen.«
kommt dann, »habe zu tun.«

– und was das alter betrifft, habe ich dich längst überholt, ruft
er noch zurück.

er ist ein ganz schön durchwachsenes streichhölzchen, das da
rumläuft in form und farbe: abknicken, abknicken! werden
bald alle rufen, wenn er so weitermacht.

und bringt er jetzt immer seine freunde mit: einer wie der
andere kommt und geht und tut seine sachen in unseren ta-

gesablauf reinkippen. wieder sehe ich sie zusammen rauchen hinterm vorhang, sehe ich sie rauchen, und es ist das erste anzeichen für ein nachlassen an ordentlichkeit.

da sitzen sie alle drüben, weit weg hinter der wand ihrer trokkenen männerfreundschaft, dahinter ist nicht zu gucken als schaf, das steine pißt und regen aus den augen zieht, denn das seien die frauen, meine ich mich richtig verhört zu haben. – schon als kindheitsei gelegt die truhe mit der absprache, und die kindheit werde man nicht los, »doch wird man«, habe ich einfach dazwischengeworfen, »nur kommt nichts nach.«
sehen sie mich einen augenblick verunsichert an: wer ist denn die? – ach die. glaubt fest und steif an die süddeutsche klassenlotterie, und das war's dann auch schon – alles lacht: »und tschüß!« ruft er mir nach. ja, ein gelächter, das hornissen nicht zustande brächten.

wie ein silvesterknaller mit stahlbeton bezogen, so eine stimmung hat die wohnung jetzt immer, und mitten drin so einer, der ist mindestens in der bronx aufgewachsen, der hat die dunklen viertel sitzen, der ist nicht so entkernt wie wir alle, der hat intus den ablauf der dinge:
– was machst du so? fragte ich also den kerl.
– ich bin 'n punk, da macht man nichts spezielles.
– siehst aber nicht so aus.
er sei auch so ein undercover-punk, schnöselt er vor sich hin, das muß man hier sein, anders geht es nicht. später kommt es zu heimlichem sex, aber nur so mit augen.

erzähle ich ihm: »hier in salzburg kommt der sonnenschein von unten, da drehen sie noch jedes bierglas danach um, aber in berlin, in berlin gibt es nur whiskey, der querstrahlt, und auf hochtouren glasfaserpartys, da gibt es keine öllamperl-punks wie dich.«

– und in münchen, in münchen wohnen nur außerirdische, hat er schon feststellen können: schon im zentrum laufen nur so leute herum, die kommen morgens aus ihren schlafstädten nicht heraus, und plötzlich stehen sie da, keiner kennt sie, keiner will sie, aber sie tragen miniplis und sind auf den seltsamsten drogen –

– telekom-münchen, bleibt einem die zunge am gaumen kleben davon, ja, ja. lache ich, doch er starrt mich plötzlich so komisch an. im grunde bleibe ich eben immer extraterrestrisch.

aber auch der kleine ist nicht mehr weit davon entfernt. denn einmal sehe ich durchs schlüsselloch, da ist er ganz alleine. da sitzt es, das krumme holz mensch, aus dem nicht viel flattern kann an schmetterlingen.

»ich halte das hier nicht aus«, sagt er dann, und ich frage: »was?« und er weiß es nicht und kann es nicht sagen. »wie es lauter wird.«

der kleine säuft. heimlich versteht sich, aber ich komme ihm schon noch auf die schliche, ich werde ihn schon noch ausfindig machen unter der flasche.

– schon wieder bist du betrunken, begrüße ich ihn, und er antwortet nicht, sitzt bloß vor der mattscheibe und sagt nichts.

– ich meine, du könntest wenigstens aufräumen, wenn ich weg bin. – ach, halt doch die klappe, sagt er, und ich bin erstaunt. na, sag mal. – sag mal, wie redest du mit mir? gebe ich ihm zur antwort, »du hast wohl nicht alle tassen im schrank.«

– sage mir einen grund, warum nicht?

– du verdienst dein geld nicht, wäschst deine wäsche nicht, kochst nicht – schreie ich ihn an.

– und du, was bitteschön machst du davon?

ja, so fängt es immer an: heimliches saufen, heimlicher sex, fragt sich nur welcher sex, sagt er, zuerst heimliches saufen, dann heimlicher sex und dann noch widerworte, wo gibt's denn so was. aber begreifen tut man ja ohnehin nichts mehr in diesen tagen, ganz wie der gute alte senator buddenbrook aus den buddenbrooks stehe ich da und beginne an allem möglichen zu zweifeln.

22

es säuft, dieses kind säuft und wie. es trinkt den alkohol gleich literweise, es hockelt sich im supermarkt hin, öffnet flaschen und trinkt, gibt aufschluß über seinen sozialen background: sieh dir das kind an, flüstern sich die hausfrauen beim vor- überhuschen zu, kreischt auf die verkäuferin mit dem belle- gesicht. »hände weg!« meinen aber alle.

»du darfst nicht trinken«, sage ich, »dann bekommst du hausarrest.«

doch der kleine säuft: »du hast aber keine knallharte kriegs- kindheit hinter dir«, informiere ich ihn, doch er hört nicht auf zu schlucken, er trinkt, quasi muttermilch aus der steckdose.

– da sind nur die neunziger, mein kind, sage ich, und er schwankt auf mich zu.

– du hast doch keine sorgen, frage ich, und er bleibt vor mir stehen: wie sieht er überhaupt aus: ganz aufgedunsenes ge- sicht, ganz abgetragene socken vom vielen herumwandern nachts, wenn er nicht schlafen kann wegen des alkohols. die augen zeigen haut, und fingernägel senden auch keine blicke aus, da muß man schon immer selber dahinter sein, doch er bewegt sich nur noch langsam, und schließlich gibt er mir knallhart zu verstehen, daß nichts ist.

nur so, um ein thema anzuschneiden, beginne ich von ganz was anderem zu reden: vögel verschwinden spurlos in der luft, wußtest du das, wolken tun es auch und hände, findest du nicht?
irgendwie ein gefrierfach weiterkommen und das war's dann, nein?
man sitzt eben im tigerkasten fest und gefriert mit ihm usw. doch er reagiert nicht darauf.

durch die zwickmühle rennt der alkohol bekanntlich geschwind, kann auch ich jetzt beobachten, dazu der hals, ein geschenk des himmels, er kann schlucken, er kann schlucken, bis er abfällt ins bodenlose, und sicher kein kamel weit und breit, doch ich meine jetzt langsam eines zu sehen: denn das muß jetzt schon einmal gesagt sein, ausgewachsen ist noch kein brett im kopf, im gegenteil, es kann immer noch größer werden, bis es alles erreicht hat, und dann wirft es einen ab ohne ende. das stellenweise schrauben-fallen-lassen hilft dagegen auch nichts, da muß man schon ganz anders rangehen, sage ich mir jetzt im o-ton karl, der leicht reden hat mit seinem leben voller situationen. nein, immer mehr wird deutlich: ich kann mit ihm nicht raus. und jetzt ist er weg, abgehauen.

: und vorhänge wachsen mir zu augen zusammen, darin eingeklemmt das bißchen regen, das von innen noch kommen kann : ach, was bin ich doch für ein armes pflänzchen bis

über beide ohren hinaus, rufe ich, ach, was habe ich mich
nur verlegt auf diese welt, und ist mir keine andere zur hand,
doch niemand scheint mich zu hören. da habe ich mir doch
glatt einen schaden im gegenüber geholt, und jetzt kommt
niemand ihn reparieren.

doch kann man nicht jedem tapetenmuster nachgehen, so
sollte man es bei den eigenen kindern schon, sage ich mir
und mache mich auf den weg, finde ihn glatt im treppenhaus:
willst du mir nichts erzählen? aussprache muß sein, sonst fällt
dein leben flach, aussprache ist wirklich angebracht, sonst ist
dein little leben krach. und sagt er nichts und schweigt.
niemand steckt in seinem taschentuch auf dauer, ich meine,
man kann sich an der hand abzählen –
und sagt er nichts und schweigt.
und sagt dann doch was, gibt er plötzlich doch eine antwort:
aber jo sagst du es nicht.
– wem?
– jo.

tatsächlich, steht da so einer in der tür, das ist dieser schlaksi-
ge typ, das ist aber nicht jo, habe ich gleich gesagt, und jo
sagt ja. ist also der mann aus meinem leben kleben geblieben
auf den rädern richtung alltag, damit die sonne wieder richtig scheint und nicht immer nur danebengeht. »hier sieht es
aber aus«, sagt er auch schon, »weit seid ihr noch nicht gekommen mit dem aufräumen.« jo, der fahrradfahrer, tut dies
über alle stimmungen hinweg: willst du eine zigarette? fragt
er den kleinen, willst du eine zigarette? – und draußen
rauscht ein flugzeug vorbei.
– willst du eine zigarette? fragt er ihn, und fünf zentimeter
lange augen ziehen durch den raum.
– was willst du dann? frage ich ihn.

die richtige antwort wäre gewesen: will den fernseher rennen haben und dazu das kassettenteil, will heimkommen von
einer schule und im treppenhaus schon den braten riechen,
will einen nahtlosen übergang in meine zukunft. will meine
rente, will eine soziale marktwirtschaft, will in schulen gehen, in denen beamte groß werden, in denen aus gummima-
tratzen im turnsaal ballerinen gezogen werden, will meinen
diplomfinger in ein telefon stecken können, und ab geht die
post!

doch kommt nichts. ist dieses kind auf holz gebaut? da atmen
wir jeden grashalm in uns nieder, der sich falsch bewegt,
doch ist rein gar nichts zu vernehmen. das kind in den wänden, wie lockt man es hervor, dahin, wohin es gehört: spiel-
wiese, dringend lustig.

doch niemand steckt in seinem taschentuch auf dauer, und so
habe ich ihm versprochen, narzissen mitzubringen, grasgel-
be mit dem atomlicht drinnen sitzen, schon rüschelt jo daher
und beklebt die wände mit postern, mit pisten und schifah-
rern »ans schifahren wirst du dich ohnehin gewöhnen müssen.« denn wir ziehen jetzt an einem familienstrang, und in
diesem flaschenhals sitzt man ein leben lang.

23

einmal in natur aufkommen, auch wenn sie aufwärts geht,
das muß jetzt sein, hat selbst der kleine was läuten hören vom
salzburger land, doch wenn man so zusammengekratzt ist aus
dieser landschaft wie ich, dann muß man einfach in sie hinein. »das hier ist aber auch so ein fingerabdruck an gegend

hier«, meint jo im auto, »die gibt's nur einmal, und du hast alles sofort parat, was du wissen mußt.«

und was macht der kleine? sieht auf die landschaft, als hätte er zwei davon in mitbringselart. da hat man hier eine naturseele am laufen, wie man sie nur noch aus dem osten kennt, und er: ignoranz durch und durch. ihm bleibt die spucke nicht weg, im gegenteil, hinter den augen verdampfen die bilder, sie geben den löffel ab, da ist nichts zu machen.

dabei hat sich das salzburger land wahrlich ein zubrot an bergen verdient, da kann man nichts sagen, hier stellen pflanzen noch was dar, sie haben sich nicht einfach in einen elfenbeinturm verkrochen wie anderswo, nein im gegenteil, doch zu sehen ist zunächst nichts davon, da knirscht nur der boden, und die bäume wie doppelpunkte, immer vorbei, immer hinauf: durch die zweige kann man zwar schon hin und wieder drachenflieger die luft in sportliche spiralen zerschneiden sehen, bis hier runter kommen sie aber nicht, und so rutschen die augen über den atemwegen nur aus beim hochschauen. immer bleiben sie letztendlich in dem grauen muster stekken, das der schwindel herstellt.

der natur ihr trinkgeld zu geben, haben wir wohl verabsäumt – tankdeckel drauf und abgefahren! ruft jo, und der kleine rudert mit den armen. – nein, nein, so kommen wir nicht weiter, sage ich, ihr müßt da schon anders rangehen.

und immer wieder kann man auf andere treffen, die ebenfalls hinauswollen ins grüne, junge menschen mit sonnenverdacht und wirklichen beinen. der märz hält weiter seinen atem an, und alle schlüpfen wir durch, an ihm vorbei, verschwinden nach oben, wo ruhe sich ausdehnen soll und

schieferlandschaft (schi-fahr-landschaft), buckel, alte gras-
halme, zum stehen gedacht und doch schon vorüber. das
letzte jahr liegt herum, wie es sich sonst nirgendwo noch
ausbreiten kann –

ja, hört ihr mal alle her da unten in austria,
felix oberquatsch austria,
wir haben da oben den durchblick,
da könnt ihr mit eurem vienna einparken, das ist oberlang-
weilig dagegen,
in berlin geht die post ab,
und zwar doppelt.
oder so.

hatte ich vor, ins tal hineinzurufen, wie es hier üblich ist,
murmle das auch schon eine ganze weile vor mich her, wie
ein mantra murmle ich es im grunde seit jahren, doch
kommt jetzt nichts raus, kein piepston. auf halber höhe ist
eben nichts auszurichten, da ist peinliche stille angesagt, nur
das rattern des projektors ist zu hören, der das ganze antreibt.
auch der kleine starrt nachdenklich in die luft, läßt bloß seinen inneren legostein laufen, bis er den ganzen abhang hin-
abkollert und hinein in den nächsten gully. was nun machen
mit der gegend hier? ihr benutzertelefon ist wohl ausgeflo-
gen, oder hat sich jemand draufgesetzt, ey, hat sich jemand
von euch draufgesetzt, ihr knallis, ruft jo aber nicht hinüber
zu den typen, die da neben uns aufgekreuzt sind, sie würden
es ohnehin nicht zugeben. schon wieder diese zielfernrohre
an menschen, fernsprechsäulen in der landschaft, angestellte
beim bürgertelefon, hinter dieser landschaftsverschalung,
hinter diesen wänden hocken sie und machen nichts als ob-
servieren: zunächst unter dieser packung zur ungeahnten filz-

stiftgröße heranreifen, und dann ins ottonormal-nockerl sterben, das ist hier programm, doch nicht mit uns!

doch am ende stellt sich heraus, daß es jos eltern sind: guten tag, sagt man dann artig, und schon kommt es zu einer begrüßungsszene, die luft hier wie dort vorhanden, und zwischen den händen auch schon das schütteln, eine begrüßung, zweispurig, wie immer tief ins überholverbot gestellt. – laß uns hier abhauen! sage ich deshalb, mir ist unheimlich.
plötzlich lacht der kleine, und wie er lacht, er lacht die bäume richtig zusammen, er pumpt den rasen auf mit seinem lachen, er kichert den himmel sich in die knie.
– kein himmel paßt in die knie.
– wetten doch. – wetten wir um was?
beim abstieg muß er mir doch recht geben. und abends, so meint er dann, ziehen sich praktisch alle farben in die kinderschokolade zurück.

24

ein bißchen sex zwischen den knien, und der kleine kommt herein, genau so habe ich mir das vorgestellt, diese wohnung ist einfach zu klein, wenn einem das badezimmer zum eßzimmer wird und der flur zum schlafzimmer. auch die wände haben keine zentimeter, sie fangen immer erst an.

»hoffentlich wacht er nicht auf«, hat jo angst, daß der kleine aufwacht und zuwächst zu einer frage. ja, im sex sitzfleisch haben ist hier nicht ganz leicht, alles hat eben seine grenzen. auch die kleinen post-it-zettelchen, die wir an manchen stellen der wohnung anbringen (hab dich lieb! mein schatz!) und der kleine liest sie dann. auf dem blumentopf, beispielsweise, auf der besteckablage, dem türstock. wird er eifersüchtig sein? fragen wir uns. denn so ein bißchen eifersucht gehört ja her, aber mitmachen wollen wäre schon übertrieben.

– er kriegt es ja nicht einmal mit.

– meinst du, bei allem, was wir tun?

wenigstens beim sex vom biogeplapper abkommen, haben wir uns geschworen, weit sind wir jedenfalls nicht gekommen damit. ein bißchen deutlicher werden könnten wir schon, wenig steckt hinter unseren bewegungen, man könnte sagen, sie gehen daneben, und überhaupt: augen auf, mund zu, das ist doch noch kein geschlechtsverkehr.

– ach was, er weigert sich einfach, das wahrzunehmen, er schaut partout nicht zu.

und überhaupt: mußt schon mal deinen pimmel hochkriegen, sage ich zu ihm, mußt schon mal die sau rauslassen, wo ist sie denn? ein grafisches weltbild haben, was den sex betrifft, ist ja in ordnung, das auslaufen jeglicher lust in gewohnheit ist richtiggehend normal, was soll sich sonst nach jahrelanger beziehung noch abspielen, aber was, wenn es erst der anfang ist? frage ich später den kleinen, ich meine, wir kennen uns doch kaum, und schon bringt er es nicht.

erzählt darauf der kleine: ich habe mal einen typen gekannt, der kam ständig ungekämmt zur arbeit ins büro, war ungewaschen, sowohl unter den achselhöhlen als auch in den kniekehlen – intimtüren, unterbricht er sich und kichert – und doch, hebt er wieder an, hat nie auch je einer ein sterbenswörtchen zu ihm gesagt. was, wenn es nun umgekehrt ist?

– aber sein schwanz wird ja nie richtig steif, rufe ich.

ich meine, fährt der kleine fort, der mann trieb es wirklich zu toll, seine kleidung war zerschlissen, er sah aus wie ein penner, man hatte direkt lust, ihn einfach mit einem wasserschlauch wegzuspritzen –

– vielleicht sollte ich einen knoten in seinen schwanz schlagen, damit er merkt, daß er noch einen hat.

– vielleicht, so der kleine, vielleicht solltet ihr öfter auf die uhr gucken.

ja, am hang zu äußerst fragwürdigen stellungen sind wir nun mal nicht zu erkennen, wir setzen geradeaus ein. immer dasselbe zeug mit lippen und richtungswechsel mal da, mal dort, und ehe man's sich versieht, seine & meine lust hereingeschneit als eine große, große abbildung von zwei nachnamen: zigarettenwerbung eins und zwei auf den punkt gebracht wir beide, ein bierernstes stilleben aus pobacken und bäuchen. danach bleibt das bißchen raum, im fließtext sehen wir die namen der protagonisten vorbeirauschen, was für schwachköpfe, was für idioten, sagen wir uns, »hände sammeln, das wär's, damit was geschieht!« doch topflappen im gesicht, das ist, was stattfindet, das ist das fernsehen: *cocooning* nennt man es, doch »tierfilm!« sagt der kleine dazu, ihr seht mich nicht, ist sein neuer nachname.

– immer beobachtet zu werden ist auch kein spaß.

– da nehmen wir doch vorreiterrolle ein!

– ansonsten kommt ihr ja nicht mehr vom fleck.

– nun mal halblang –

ein bißchen unheimlich ist uns dieses ewige zusammensein auf alle fälle, schließlich will man nicht ein warmes glas wasser miteinander werden, und so zerstieben wir in alle himmelsrichtungen. nein, miteinander 1 glas warmes wasser werden, das ist mit uns nicht drin, auf einen gemeinsamen nenner kommen ja, aber keinen reißverschluß wollen wir gemeinsam aufmachen.

situationsbeamte müßten her, kleine regler.

25

es war in der waschküche, als es passierte

lasse die letzten jahre revue passieren, dabei fällt mir der waschküchenschlüssel ein, den hatte ich nicht zurückgegeben, »komme gleich wieder.« vor der waschküche treffe ich jedenfalls die nachbarin, die hat gerade den hans meiser gesehen und hält ihn für unschuldig, »wie?« – na, an den themen, die er so bringt: »das wird ihm doch alles untergejubelt.«
– schlimm, sagt sie noch, nicht? – und ich weiß keine antwort.
und dann weiß ich doch eine antwort: »mitreden müßte man können, mitreden!« sie nickt, und dann darf ich gehen.

das glück in der dose, zum aufkochen ist es ungeeignet

fängt ja der ernst des lebens wieder an, fängt er an, hat mich
auch die frau am arbeitsamt informiert, denn immer nur er-
schöpft sein von nichts, das kann nicht sein, also muß es wohl
am jobben liegen, daß ich um 21.30 bereits topmüde, die
knopfgestalten nicht aus den fingern kriege, die ich die ganze
zeit über gezählt hatte: inventur. bröselt einem der blick weg
dabei, vertraue ich ihr an. außerdem noch der geruch vom
job als putze, die gewalttür in der nase, die immer nur aufge-
stoßen bleibt, immer die hände in fettcremes gehalten, obwohl die die ganze zeit über in gummihandschuhen steck-
ten, immer in fettcreme gehalten auch die augen, damit die
optik stimmt.
doch die ist auch schon wieder vorbei, das kommt vom
schrecklichen verweilen der augen am bildschirm, die fünf-
minuten im kontrollblick, das hineinrennen der daten in die
festplatte betreiben, das hineinrennen der daten in die festplatte ist reines vergnügen, haben sie mir gesagt, da muß man
nur alle sekunden mal »hopp!«, »hopp!«, »hopp!« rufen, damit sie auch springen, und dann tun sie es auch, haben sie
mir gesagt, doch nichts davon ist wahr.
und immer werde ich angenehm, ich brauche bloß ein paar
leute um mich herum, und schon werde ich angenehm, das
muß wohl an meinem geschlecht liegen, das einmal, bepin-
selt vom lack der zeit, auf unruhe gemacht haben soll, mit ein
bißchen farbwahl und haartracht, das konnte man damals. das
im-kreis-laufen der zöpfe wurde nämlich für einen augenblick unterbrochen und blümchengesichert das ohr, doch
fing man im grunde gleich wieder an, sich ständig die hände

zu waschen, ja, beim händewaschen einschlafen, das kann einem hier passieren, doch das ist das restaurant, in dem ich als aushilfskellnerin tätig bin.

das schlimmste aber ist, erzähle ich der frau, die immer noch am schreiben ist, ich bringe das geld nicht nach hause, es klappt nicht, immer gebe ich es unterwegs schon aus. immer öfter sehe ich mich von diesen einkäufen heimkommen, in meiner bodenwahrnehmung die vorhänge als nichts konkretes wahrnehmend, verfolge ich dann immer nur den lauf der leisten am boden richtung zimmer: »wir doch nicht, nein, wir doch nicht« steht schon geschrieben auf der durchausstelle im bad, das ich dann aufsuche, und schon wieder ist der moment vorbei, in dem man die häßlichen bauklötze aus den augen nehmen kann, die betonwannen aus dem mund, nein, man muß wieder zusehen, wie das zimmer abhaut in richtung plantage für geregeltes zusammensein, informiere ich die frau, die nicht nur am schreiben ist, sie beginnt jetzt auch noch ein telefongespräch.

»und keinen steuerbescheid, ja?« sagt sie da hinein, nein, keine steuerfahnder, die in den wänden umhergehen! menschen, die die rolltreppe innen wohnen haben, und alles geht nur abwärts – »keine lohnsteuerkarte?« – ja, wozu denn auch, ist bei uns ja nichts zu holen, will ich der frau hinterm schreibtisch erzählen, die, in ihr telefongespräch versunken, jetzt auch noch den papierstapel zu sortieren scheint – nein, kein steuerfahnder, da ist nur der gute jo, wie er die brötchen aufschneidet und bäckt, wie er den orangensaft eingießt, ein dreiklang an ordentlichkeit, und wenn ich dann die kontaktlinsen im bad stehen sehe, die große flüssigkeitsbox daneben, und ich nur an ein auge denken muß und an ein zweites, das

grüne rechts, das weiße links oder umgekehrt, das ganze ne-
bengeregelt in hübschen bildern von »man ist sich ein ge-
schwister geworden«, man kennt sich halt auswendig und
hilft sich dabei, nur die zahlen gehen weiter, einfach alter da-
zuzählen und tschüß und schluß, dann drehe ich durch, soviel ist sicher, setze ich hinzu, und ich frage sie nun, sage ich
und setze mein mia-farrow-gesicht auf: sieht so das leben aus,
sieht es so aus? – aber ja doch, sagt die frau endlich zu mir
und nicht ins telefon: und jetzt halten sie die klappe und stellen sich hinten an! aber das ist berlin, wir sind hier in salzburg, da sagt man: halten sie den amtsweg ein und behalten
sie in diesen fragen immer hübsch die zuständigkeit im auge.

arbeitsamt: da sind sie schon, die meerschweinchentüten, in
die man hineingeschwenkt wird, menschen in erwerbsgrö-
ßen, im pawlowschen hund festgefroren die meute. und dennoch: zapfhahn statt gesicht, free floating immermienen, »in-
termienen!« selbst in salzburg war es also geschehen: man ist
hier ein outburst of energy, sagt auch der neben mir: wann
darf ich platzen? man hat quasi ständig den wasserhahn laufen mitten im gesicht, sehe ich es einer anderen an, und auch
ich bin bereit – nichts da, entgegnet die frau, sie haben heute
ihre chance gehabt, kommen sie morgen wieder.

die welt als taubenschlag aus angebot und nachfrage, aber
hallo, reguliert sich praktisch von allein, braucht man nicht
eben stiller teilhaber werden, so der kleine, nein, kann man
konkret vorübergehen, läuft nämlich nicht mehr lange, das
ding – ach was, sagt die angestellte, ist mir ja ganz neu, woher weißt du das denn so genau? – das frage auch ich, doch
schon redet er unbeirrt weiter: da muß was anderes her. ihn
in ein papiertaschentuch einwickeln, damit er ruhe gibt, geht

wohl nicht. – recht hat er, meint plötzlich eine frau hinter mir, ja richtig, meint ein dritter, das hier ist doch so was ganz siebenprozentiges, was wir da betreiben.
– 'nen schädelknochen rennen haben sie wohl nicht?
– sie wird ihrer auch nicht eben überwachsen.
– gute frau, bin selber nur halbtagskraft.

und hat man auch die ganze zeit auf seinem lächeln verbracht, so wird man doch jetzt abgeschabt davon, man muß woanders unterkommen und findet sich bei der bushaltestelle wieder.

27

endlich gespräch über alles

– sich in gesellschaft einbinden, doch woher nehmen, wenn nicht stehlen.
– ach was, wir sind doch mehr so ein auslaufmodell, das von seiten der betreiberfirma, keine anstalten mehr, zu verlängern.
– und jetzt?
– was neues fängt an. just a few steps from here! – was du nicht sagst. – geht schon das dienstreisenkind um, – auf einen schlag verzehrt es alles, was ihm da entgegenspringt. – das wird uns hier rausholen, erzähle ich jo vom arbeitsamt.
sehen wir den kleinen an, der fühlt sich nicht wohl in seiner haut, der ahnt schon was: »jetzt will ich aber wirklich weg. laß uns wegfahren«, jammert er. – du hast recht, meint jo,

wir müssen hier raus, voll auf die autobahn kommen und nicht mehr runter von ihr.

– ja, wir müssen schnell ein preisausschreiben weiterkommen.

denn was dem einen sein hobby, ist dem anderen sein beruf. so sitze ich den ganzen tag da und fülle aus, suche annoncen, sammle teilnahmezettel in supermärkten, stehle sie vom zeitschriftenstand und am besten: werfe sie direkt ein auf verkaufsmessen. dahin hat es uns jetzt verschlagen auf meiner suche nach ein wenig mehr geld oder waren, denn der reine warentausch ist hier wieder im gange, geldwirtschaft ausgeschaltet oder was? frage ich den pförtner aber lieber nicht, sind wir doch durch einen seiteneingang rein. probebühnen haben sie mit hifi-geräten verbaut, zeigen, was sie können, mit ihrer anlage gibt es ein großes hallo. fast wie im richtigen fernsehen, doch hier ist nur das falsche unterwegs, und es tauchen auch gar keine leute darin auf, da sind nur wir, nur wir stehen da und werden gefragt, ob wir mitmachen wollen. »nein, nein, aber nein«, sagen wir, und der mensch hinterm mikro zuckt mit den achseln: »warum nicht? sie wissen doch noch gar nichts. sie haben nur mit ja oder nein zu antworten.« und so schieben wir den kleinen vor: mach du doch mal, zeig, was du kannst.

vor lauter nervosität scheint er heute zwei stimmen zu haben: eine höhere und eine tiefere. das gibt's doch nicht, meint jo, stimmbruch! fängt doch erst viel später an! aber so behält er in jedem falle recht und gewinnt eine reise, eine woche am roten meer, auch nicht schlecht, meint der moderator und drückt ihm den scheck in die hand, viel glück!

»stell dir nur vor: die sonne auf nächstgröße gestellt, ein bißchen was an richtiger luft, nicht so eine falsche wie hier, die
sich andauernd hinter der zentralheizung versteckt. mit
irgendeinem synchronisateur der gegenwart durchs alpen-
land fahren, tunnel für tunnel, bis man plötzlich dasteht:
brindisi! wo der südwind eine besondere stellung einnimmt,
wo der sand der sahara gegen die fensterscheiben trommelt,
sandgebläse habe ich schon in den knien, wenn ich daran
denke. und dann ein schiff nehmen, das abfährt richtung
kairo.«

28

laß uns endlich losfahren, jammert er – ist nicht, sagt jo und
hält ihn fest: unmöglich. du glühst ja richtig, bestätige auch
ich. »wie, was ist los?« – du bist krank, entscheiden wir noch
einmal, und wirklich: schon 100 stellen im gesicht, die krank
sind, nur der kleine selbst glaubt nicht dran. »stimmt gar
nicht! das hättet ihr wohl gerne!« ruft er. er habe bloß nicht
richtig geschlafen, zu dünn seien die wände, man höre alles,
der ganze lärm komme durch, es sei so laut hier. da sei niemand, sagen wir ihm, doch der kopf zählt nicht mehr zu ihm,
daneben sei soviel, sagt er, er habe nicht geschlafen, er habe
hier überhaupt noch nie schlafen können, er sei wach gewesen die ganze zeit, »sicher hast du geschlafen«, widerspricht
ihm jo.

– daß ich krank bin, ist eure erfindung, das hättet ihr wohl
gerne, dabei bin ich direkt berühmt für meine gesundheit.

nichts, aber auch rein gar nichts habe ich mit eurer krankheit zu tun!

– hast du wieder eingepißt? frage ich ihn, und er sagt ja. »na also.«

die zimmerpflanze kommt auf uns alle zu, wir lassen uns befahren von gegenwart:

ist er eben angemahnt worden, die finger vom kotzen zu lassen, »kommt eh nichts raus dabei!« hat jo gesagt und unrecht behalten. doch kranke kinder schießen ja auf alles, was sich bewegt, ist bekannt. austapezierte augen, unter denen kein fleisch mehr, aber daß es so weit gehen muß? da ist hier jetzt eine ganze menge los: wicki und die starken männer in chloroform getränkt und abgehakt, direktbeton aus lassie gemacht, das sandmännchen auseinandergeschlampt, und der kleine, der ist übersät mit roten flecken. »mich juckt es!« jammert er, »fürchterlich.« psycho-disteln, die in seiner laune wurzeln schlagen und plötzlich körper werden, wenn ihm was nicht paßt, wird er einfach krank, und der rest ist sache der anderen, aber nicht mit uns.

fahren wir also alleine hin? fahren wir etwa alleine nach ägypten? während er das rote meer wachsen hört unter den fingernägeln, sind wir nicht schon längst drin? liegen wir nicht schon längst alleine auf so einem understatement-strand, nein, unzählige rentner neben uns, nichts als alte ehepaare, im total-agreement verloren, den kopf voller knie, kann man wohl sagen.

und das hotel? hatten wir riesige bauten vor augen, ganze hotelkomplexe mit gesichtskontrolle, mit mehreren tonspuren in betrieb – und bonus tracks! so stehen wir jetzt in so einem rohbau, zerknirscht zwischen den betonplatten, durch die ein wind pfeift, vom meer kommend, alles mit salz überziehend: langsam frißt sich der durch jedes material, sogar durch die kabelstränge, die hier frei liegen, sie knistern schon. das knallbraun des hinterlandes verhindert auch hier nicht das mindeste, schon graffitis, aber noch kein wasser, noch kein strom, nur hinten steht einer am telefon und schreit hinein. da stimmt die infrastruktur nicht von vorne bis hinten!

doch im prinzip sind wir bloß ums eck gegangen und kehren jetzt wieder. nach ägypten lassen die einen nicht mehr, wegen der politischen verhältnisse, die summieren sich so nach und nach, außerdem: sagen tut man viel, abspielen tut sich dann die hälfte, und im endeffekt ist nie etwas gewesen.

29

das ist doch der blanke nachwuchs! kreische ich auf, als wir wieder zurückkommen und die vielen menschen im zimmer sehen, das geht aber nicht, sagt auch jo: husch husch, zurück ins körbchen, wer will denn da so einfach auftauchen!
und sehen wir sie flitzen im zimmer, die kleinen, die überall mitreden wollen, anstalten, in die regierung hineinzukommen, machen sie ja nicht gerade, aber in die beamtenlaufbahn eintreten, das darf schon sein. die betriebe übernehmen, nein, das wäre übertrieben, aber als ladenhüter wollen sie nicht enden, rufen sie, wir wollen auch mal, laßt uns mal ran – doch nichts da, rufen wir zurück, ihr bleibt hübsch hinterm vorhang, hinter der zentralheizung, im küchenschrank ist auch noch platz. stellt euch gefälligst an!

– jawohl! stellt euch gefälligst an und wartet, bis ihr dran seid. ihr müßt aber auch ein bißchen mehr weitermachen, quengeln sie, ihr müßt aber ein wenig mehr aussterben, beeilt euch doch ein bißchen, strengt euch an! rufen sie, und schlagen wir ihnen die tür zu, vor der nase schlagen wir ihnen die kühlschranktür zu. »hast du töne!«

– was ihr braucht, ist zunächst einmal die richtige kleidung, erkläre ich es ihnen ein wenig später, so könnt ihr nicht aufkreuzen, erkläre ich es ihnen, zwinkere jo dabei zu. der versteht auch spaß und sagt: und eine ausbildung.
– naja, sagen sie, so weit ist es damit nicht her, aber ein bißchen was haben wir! – dann gebt sie her! –
und schon beginnen sie wieder loszuwettern gegen dies und das, so gebüsch in den augen, schlägt nach allen seiten: immer halb gegen den staat liegt man wohl richtig in der pfanne, die euch umgibt, oder was? so geht's aber nicht, meine lieben: müde popart an den wänden, das seid ihr, immer nur schadensbegrenzung an schadensbegrenzung, aber keinen schritt weiter, wie im museum sei das, von jedem typen immer drei stück, immer hübsch drei stück und dazu ein dunstkreis, reinkommen in seinen dunstkreis will ein jeder und kein stück weiter, keine konzepte, keine ideen!

nein, einen tekknoclub unter der haut eröffnen kommt ihnen nicht gerade in den sinn, dafür außenrum, außenrum, haben sie sich wohl gesagt, und machen es auch schon. mußte ja schiefgehen, sagen wir aber lieber nicht, denn sie sind sensibel, ja, herumkauen auf effektiv jungen menschen in plüschpullis macht spaß, sollte man aber nicht übertreiben. man spricht neuerdings von magersucht, aber im kopf, da spült man eben alles aus und läßt nichts neues mehr rein, und übrig bleiben nichts als so hubschrauber an menschen.

unglaublich, was sich hier plötzlich alles bewegt, immer mehr von diesen superfröschen der gegenwart. diese geld-kids, wie man sie nur aus dem fernsehen kennt und besser dort sein läßt. jetzt verfällt der nabel der welt auf so arschlö-cher wie den tierisch breiten raoul, der, wenn nüchtern, eh nicht weiß, wo oben und wo unten. schneemenschen, haus-backen, das ist die marke, die man da antreffen kann. und so sehen wir uns nach einer viertelstunde der situation nicht mehr gewachsen, das einzig mögliche ist nur mehr die mö-belwerdung unserer vorurteile, da muß was unternommen werden.

bist du schwul? auch so eine frage, die eltern an ihre kinder stellen sollten, wenn es an der zeit ist. doch wo steckt er über-haupt?

endlich sehen wir ihn, doch wie sieht er aus, so dünn gewor-den, so ein rosafarbener leitfaden, ein einziger rollkragenpul-li, einen pelz statt augen, ahmt er sie alle nach diese djwoodys und alec empires, die sich mit riesenaufwand ihren namen aufmischen, macht er auf so einen spex-heißen teufel – mit dem kopf durch die wand, so sieht es aber aus. hinten wum-mert die musik, die albatrosse zu einem geschwindigkeitsge-lingen ermuntern, aber sicher keine menschen zum tanzen. vielleicht ein bißchen hasch im pullover, den sie über den mund ziehen, vielleicht ein wenig mit wein das blatt vor dem mund entwässern,

huch, da fliegt es davon,

schau, da geht es weiter!

wir verstehen dich ja, wenden wir uns an ihn, man kann nicht immer nur busfahrten mitmachen nach münchen, nach wien, nach prag, weil da die sau abgeht, man muß auch selbst mal ran, sagst du dir und stellst dir so ein bißchen was an soundsystem hin, heiratest in eine glühbirne ein und glaubst, alles sei damit erledigt? nein, nein, da muß noch was ganz anderes her:

lomographie nennt man das jetzt, und ist gar nicht witzig: kleine plastikblicke auf die szenerie werfen, bis sie zugemüllt ist und sich nichts mehr bewegt, das machen wir jetzt. obwohl sie kräftig gegensteuern: wie viele sehe ich da flitzen: zum einen auge hinein, zum anderen hinaus. doch auch der bestand an jungen fohlen im eigenen kopf ist bekanntermaßen nie ganz auszudämpfen, und so will ich plötzlich selbst ein flinserl in meiner nase einzug halten lassen, ebenfalls klebenbleiben auf meinen adidasstreifen, die haare hineinreiten in ein blond usw. … und schon mische ich mich unter, gehe dem kleinen in seine grünen augen rein, gehe ihm in seine jungen, saftigen grünen augen rein, bevor er sie umschalten kann auf rot oder gleich abschalten das ganze. doch was findet plötzlich statt? chillout, aber frontal.

keine lust mehr, so der kleine, alle, alle machen sie auf ihre siebzehn und kommen doch auf 27, jammert er. – und wenn schon, du mußt einmal durchhalten! – doch er, geht einfach weg, geht in sein zimmer und schlägt die tür zu.

gib es doch zu, daß du in wirklichkeit verliebt bist, sage ich ihm etwas später, gib es doch zu. ist dir ja anzusehen, ständig siehst du auf die uhr, ständig zündest du ein streichholz an und läßt es abbrennen bis an die finger. ständig hibbelst du

nervös herum, beißt dir auf die lippen, du bestehst auf ein
weitergehen der uhr, du stürzt zum fenster, geht jemand unten auf der straße vorbei, und ich, ich komme wieder einmal
zu gar nichts. ich hätte eben keinen langen atem.

das gibt mir zu denken.

30

also gut, ab morgen wird gefahren.
– ja, aber maria muß mit, sagt er, »was?« und erst jetzt sehen
wir diese liegemumie an frau neben ihm, »sag faschisten!«
sagt sie, und er tut es, so oder ähnlich läuft es ab, und wir
kratzen uns am kopf: ach so ist das, der junge mann gibt sich
zweizeilig aus, dabei versteht er nicht die bohne vom alpha-
bet, oder doch? und hustet. hustet er. naja, sagt er da, sie ist
das nachbarsmädchen, sie ist so mitgekommen, »und hast du
ihr ein kind gemacht?« fragt jo ahnungslos. jede menge, gibt
der kleine zur antwort, und wir sind einen moment verblüfft.
dann aber verstehen wir spaß und lachen und lachen, als sie
da noch ihr baby zeigt, lachen wir es zurück in ihren bauch:
das gibt es doch gar nicht, sagen wir dabei, du wolltest ein
kind ihr machen und bist ja selber noch eines. stimmt gar
nicht, ruft er, und wir: »du träumst doch!« ausgerechnet faschisten hat er uns genannt, ist ja unglaublich, und lachen.

so ein bursche, mit einem affenzahn raspelt er jetzt über sie
drüber, um es uns zu beweisen, doch wir stoppen ihn und
sagen: »langsam, langsam mit den jungen pferden. so wird
das ja nie was werden.« und wieder zeigt er, was er kann, bis

nur mehr nachschleift sein schwanz, nur mehr tröpfchenweise rauskommt, und abknickt das ganze. »du ärmster« spotte ich und halte noch immer die bettdecke in der hand, »du wirst dich noch verkühlen«, und decke ihn zu.

ja, tief steckt einer im leergelaufenen blümchen gegenwart, der sich so verausgabt, da schnauft er, atmet durch und stoßweise kommt: ich kann nicht mehr. doch: nochmal, noch einmal! feuern wir ihn an, und die frau sieht ihn an, sagt: was, du kannst nicht mehr? zieht die augenbrauen hoch, und weg ist sie.
wie sieht sie überhaupt aus: eine anti-heike-makatsch, lebt nicht aus der cremedose, sondern in sie hinein, eine tekknoblase, die furchterregend aussehen will, zum schießen!

das mädchen bringt stühle um, lachen wir, aber nicht dich, sieht sie uns böse an. geradeaus in den ikeaweg hinein will sie, und das läßt du mit dir machen? oder andersrum gesagt: du denkst wohl, sie hat einen narren an dir gefressen? aber nein, die hält sich nicht so auf mit durchschnittsflüssigkeiten wie dir, die hat die nase oben rennen und nicht unten, ihre augen sehen längst woanders hin.

und wieder lachen wir, und er springt aus dem bett, um uns zu drohen, doch verheddert er sich und stolpert, liegt am teppich: deine beine wirst du so schnell nicht los. und wir lachen und lachen. und letztendlich sitzt er nur noch im bett und hustet. aber holla, hat es ihn etwa erwischt?
– na wartet, faucht er bloß.
– ach was, du kannst ja nicht einmal spazierengehen. so jo und hört auf zu lachen, denn der kleine kotzt.

»wieder einmal typisch«, sage ich, so mußte es ja kommen, so muß es ja immer enden, maria aber ist längst aufgestanden und zieht sich an, nicht ohne uns zu ignorieren. tja, so klappt es eben mit der vermehrung nicht, nun gut.

plötzlich aber dreht sie sich um und sieht uns an: ihr spießer. »wir doch nicht, nein, wir doch nicht, aber nein!« rufen wir, und sie grinst. »na also, klappt doch!« und geht.

31

ist mein toter vater wieder aufgetaucht, stand mein vater wieder da, frei nach dem motto »jetzt komme ich«, ein steinerner gast, eine plastikröhre an steinernem gast, durch die geblasen alles mögliche die federn verliert. und ist wieder verschwunden. oder so.

– ach, das war sicher nur der kleine, so ein terrorjockel unter der haut halten, das ist es nicht, hat er sich gesagt, rauslassen ist angesagt, und hat es getan. also keine sorge. will mich jo beruhigen, doch ich setze noch immer kein fleisch an.

– und was hat er gesagt?

– naja …

– war wohl nicht gerade ein tell-all-book, der typ!

– er stand nur da und ist dann verschwunden, d. h. was hat dein drucker gekostet, hat er mich vorher schon gefragt, warum wollte er es wissen? unbedingt hat er den exakten preis wissen wollen, aber das schnäppchen ist es ja schon immer gewesen, das ihn ritt: beständig fragte er mich danach aus, warum nicht auch jetzt: und dein fax-gerät, und der scanner? und wußte ohnehin alle antworten: hättest bei *wegert* in freilassing billiger gekriegt, hättest bei *grawert* nachfragen können – er hatte den preiszettel im kopf, immer bis zum groschen gehen auch bei der küchenmaschine, hat er mir noch zugerufen, und ich wußte ihm noch immer keine antwort zu geben. dann ist er plötzlich verschwunden.

– dieser mann ist wohl nicht eben an einem autounfall gestorben.

– ja, sage ich, na und? was meinst du damit?

– hier ist was im gange.

– wer gegen wen? frage ich ahnungslos, und: wohin jetzt mit dem ganzen zeug!

32

du mußt dich schon für eines entscheiden!

»du kannst nicht mit marx in einer suppe kochen und daneben in blumentöpfen an greenpeace schreiben, an gleichberechtigung denken und gleichzeitig gegenknie ausbilden gegen den rest der welt, das geht nicht, du mußt dich schon für eines entscheiden!«

»doch immer dasselbe machen geht auch nicht, ganz im gegenteil«, sagt jo, »wenn schon, muß es alles sein: wenn schon das elend, dann auch die umweltverschmutzung, wenn schon ökonomische ausbeutung, dann immer verknüpfen mit waffenproduktion, und hüpfen, bis zum ende gehen, immer löffeln, die suppe auslöffeln, sonst ist nichts gewesen!«

»vom hundertsten ins tausendste kommen, ist aber immer dabei: gegensteuern.«

doch er, was macht er, er macht gar nichts, hört er überhaupt zu? ich meine, unausgesetzt nehmen wir teil an seinen gedanken, und er hört nicht zu! »jetzt wird es aber zappenduster, jetzt wird es zappenduster!« habe ich ihn eben noch im raum rufen hören. wo ist er denn jetzt?

»bist wohl unter die umweltschützer gegangen? hast jetzt augen aus totem reh und pinkelst nur noch das leid der welt?« so jo, doch der kleine sagt auch nicht nein, er ist gar nicht da, vermute ich, unsinn, so jo, mit sicherheit steckt er unterm bett. darauf sitzen wir und warten, denn sein schrei nach wärme steht noch aus, tun sie das nicht alle in dem alter? wann ist es denn endlich soweit?

schau mal, was du für ein glück hast, unterbreche ich jo: die gesellschaft ist als junge beheizt und nicht als mädchen, sie hält sich auf in europa und nicht in quedlinburg, sie ist ganz dicke mit den ingenieuren und nicht etwa mit so frequenzmäusen an philosophie. auch den proletkult gibt es nicht mehr, nur mehr ein protokoll darüber, das wird aber auch immer schmäler und schmäler, und bald ist es weg.

was für ein glück du hast, übernimmt jo, lebst du doch in zeiten, in denen die geschichte praktisch vorüber ist, in denen rein gar nichts mehr passiert, in denen die warenproduktion jedem, aber auch jedem eine ganz heiße nummer drehen könnte, und einzig in die telefonschnur verwickelt die probleme damit.

doch keine antwort. ich kann mir nicht helfen, er ist schon so ein knochentrockenes wesen geworden, ist er wirklich so festgeschraubt am daumen der zeit, daß man ihn gar nicht mehr runterbekommt von ihm?

er macht den mund einfach nicht auf, er will nicht, flüstere ich jo zu. unausgesetzt nehmen wir teil an seinen gedanken, doch wo bleiben sie, wo ist er damit?

ach, es ist schon ein rechtes elend mit der welt, beschließe ich kurz und fasse einen nächsten gedanken: »stand-up-beulen des allgemeinen zustandes sein, aber frontal, ist angesagt. man muß schon was dagegen unternehmen. ich meine, die gesellschaftliche folgenlosigkeit deines handelns muß dich ja schon stören.« – halbtags die welt verändern, oder was? – ach, halt doch die klappe, sage ich zu jo, ich meine es ernst. – laß es bleiben, wir haben alles versucht, gähnt der bloß: er sagt nichts wegen maria, wahrscheinlich ist er immer noch beleidigt.

ach was, der experimentiert doch mit drogen, immer die bayer-primel im herzen, immer das weltall im genick, sieht die welt ganz anders aus, da läßt es sich schon prima aushalten auf dem gemüseweg der tatsachen.

– ich bin jetzt ordentlich, taucht der kleine plötzlich auf, man kann mir nichts nachsagen.

– wir tun es doch.

darauf weiß er nicht zu antworten. stottert er: das war aber das letzte mal.

hat es sich wieder einmal gezeigt: wenn einer in zimmertemperatur verschwindet, dann ist mit luftlinien nicht viel zu erreichen, da muß man schon anders rangehen.

nicht mehr schaue ich durchs schlüsselloch, kommt ohnehin nichts bei raus, kann man ihn nur sitzen sehen und starren auf die oberfläche des computerbildschirms, auf der sich mit sicherheit nichts als ein kartenspiel befindet, genug anreiz für ihn, zur salzsäule zu werden. das kind im telematischen knicks, wie kriegt man es wieder heraus? »laß ihn doch«, sagt jo bloß dazu, streckt sich, legt sich nach hinten, schließt die augen, so ist er also, bloß nichts wissen wollen.

doch auch nicht bin ich wie andere eltern, nicht die bohne mache ich es ihnen gleich, manche sind ja ständig hinter ihren kindern her, laufen ihnen direkt nach, diverse sofas unter deren hintern versteckend, die sie dann schnell hervorziehen und lesen, was abdruck gab. nicht verharre ich in tagelanger geräuscharmut, um den kleinen besser hören zu können wie sie, außerdem höre ich ständig was, nicht nur das, mein gehör wird von tag zu tag immer besser, immer mehr gerate ich in die frequenzen rein, die die luft so abwirft. und was wirft sie ab? so ein rauschen, ein krachen, als wär's um eine faxleitung bestellt, als würden wir in einer telefonleitung hausen. nicht bin ich wie die, die ständig etwas wissen wollen: was aus ihren kindern werden soll beispielsweise, ich erwarte keine bmw-schleuder an antwort, bin schon mit was kleinem zufrieden, sicher, ein vw-golf wäre auch keine katastrophe, aber ein klitzekleiner fiat tät's auch schon –
»andere kinder gehen baden, andere tun spielen, hocken vor ihrer baseballkappe und drehen daran, und du sitzt nur da und tippst.« und wirklich: wie ein kutscher sitzt er vor dem kosmetiktischchen, das er sich im badezimmer aufgestellt hat, schwer nach vorne gebeugt, und tippt. die haare hängen

ihm hinein ins gesicht, er streift sie dann und wann zurück, aber es hält nicht.

sich einbringen nennt er das, doch sich einbringen tut jetzt jeder. sich einbringen ist das motto der stunde, muß man, weiß auch ich, sonst läßt sie nach, die außenwelt – du spinnst, sagt er aber nicht, er möchte bloß die technischen möglichkeiten nutzen, sagt er. »ach quatsch, überall machst du mit, weil du glaubst, du stehst dann besser vor den anderen da.« darauf gibt er keine antwort, ändert nicht einmal seine haltung, ohne zweifel: so ein online-dreikäsehoch ist er geworden, sich verpulvern, das ist wohl deine aufgabe, sage ich, geld und zeit, zeit und geld, ist ja sonst nichts mehr los in dieser welt.

das ist mein job, sagt er, verstehst du nicht, meine ausbildung. also laß mich in ruhe, bin praktisch am durchstarten. »sich einen beruf aus dem internet ziehen, daß ich nicht lache! und was machst du, ist einmal der stecker raus, weil ich meine haare föne, schütte ich im bad was aus, was machst du, stolpere ich in das gerät hinein?« er sieht mich an, das computergrinsen ist ihm ausgefranst.

so sieht er also aus, der kleine im vollzug seines studiums, da wird sicher kein geschlechtsverkehr rausschauen bei, da wird sich bloß die linsengeschwindigkeit ein wenig erhöhen, eine kurzsichtigkeit sich verstärken, vielleicht ein hübscher hornhautastigmatismus, sodaß er am ende nur noch hinter saftigen gläsern hockt. ins schluckauf der daten gelangen, nennt man also jetzt ausbildung, »du glaubst wohl, du brauchst nur deinen namen drunter zu setzen, und den rest macht der computer.« mit sicherheit will er ein ingenieur sein, doch ein ingenieur hatte es schon immer schwer mit seinen eltern, das ist erwiesen, trotzdem hat er jetzt rund um die uhr die kreissäge kopf laufen, mit der will er aus der landschaft ein zahlenrätsel machen, hochbau nennt er das. dazu schlägt er einen tonfall an, der sich gewaschen hat, er tut da nicht lange spiegelei drüberfahren lassen, bis er sagt, was sache ist: »ach, du hast doch bloß angst vor technik.«

eine mordswut auf die welt kann man mir nachsagen, aber nicht angst vor technik, komplexe vor einer glühbirne oder was? also nein, flüstere ich, in 'ne atombombe möchte sich doch heute jeder zweite amerikaner verwandeln, und ohne unseren inneren anrufbeantworter wären wir längst aufgeschmissen. und du redest davon, ich hätte angst vor technik. bald muß ich annehmen, daß der kleine denkt, daß er ein genie ist. den ganzen tag hackt er in seinen computer, den ganzen tag wie aus einem stein gehauen, die natur vorne, er hinten, und schon geht es los. simcity, meine ich, doch er sagt »quatsch«.
möglichst menschentaugliche technik ist jetzt sein ziel, quasi so ein grüßaugust an technik, autobahnbrücken, auf denen noch was auszurichten ist, nebengleise, auf denen nichts als die sonne scheint, »und kommt es zu einem problem, dann ab durch die mitte geht die lösung des problems.« mein gott, wie stufenlos ist er geworden.

und keine bürotüren knallen den sekunden die gesichter herunter, da ist nur die tastatur, die sitzt.
nicht mehr schaue ich durchs schlüsselloch, was würde ich denn auch zu sehen bekommen?

mein gott, wie versessen ich bin, ruft der kleine und ver-
stummt.

mein gott, wie versessen ich bin, hat der kleine gesagt, und
das war mir neu. »mein gott, jetzt habe ich mich aber selbst
entdeckt«, redet er schon weiter.

»wie versessen ich bin«, hat der kleine wiederholt, und das
macht mir langsam angst. jo, der gerade mit dem einkauf hereingekommen ist, sieht sich das nicht länger an, »marsch,
marsch ins bett«, hat er ihn noch einmal erwischt: was unter
der haut gebrodelt hat, ist nun heraußen: »ganz miese tour«,
sage ich zu ihm, »das ist eine ganz miese tour, wie du auf die
welt zugehst!«
ist es nun heraußen? fragt jo, war doch klar, was er da wirklich
treibt. der hat doch den reinsten casinokapitalismus in der hosentasche sitzen, und nicht nur das, jetzt zieht er ihn auch noch
heraus: er wird immer länger und länger dabei, kein zauber-
trick auf raten, der knallt gleich voll durch. abschalten! abschalten! rufe ich, doch der kleine gibt nicht nach: »ist doch
alle welt längst börsengerecht, mini-playback, das sind die be-
rufe, warenproduktion, wen interessiert die schon?« bekommt man jetzt zu hören, da hilft kein »bitte, bitte, sei doch
unternehmer, nicht ein börsenheini sein, nein, bloß nicht in
den finanzhai rein.« denn nicht einmal eine briefkastenfirma

bringt der alleine zustande, keine spur beleuchtungswesen in seinem kopf. doch läßt er sich nicht mehr in jede x-beliebige hosentasche zurückstopfen, also machen wir auch mit, haben wir eben beschlossen, um das schlimmste zu verhindern. doch natürlich kann davon keine rede sein, natürlich geht es schief. und nachher hängt man dann alles an technischen geräten auf, das faxgerät streikte, sagt man, alles über einen simplen taschenrechner laufen lassen, geht eben nicht, behauptet man, und die fenster stehlen auch nur zeit. doch in wirklichkeit hat es an ganz anderen dingen gelegen.

da heißt es immer »andocken! andocken!«, und dann will keiner sein geld bei einem lassen. eine firmenphilosophie ist ja schnell entwickelt, doch eher zieht man heute einen wespenschwarm aus dem u-bahnschacht als einen kundenstamm groß. auch hier ist nur so ein irrer vom dienst erschienen, der einsteigen wollte, er behielt dabei aber immer den walkman schief aufgesetzt, daß man durchknattern hören konnte seine ganze misere. und jetzt will er sein geld zurück, doch haben wir es nicht mehr, er sagt, er will sein geld – und wir: diese paar piepen, und er, er läßt sich nicht mehr abwimmeln, er hält das hier für einen aufenthaltsort, ganz im gegenteil zum kleinen: ich gehe jetzt, hat er zwar noch nicht gesagt, aber ich weiß, das kommt bald. da beherrscht er gerade die einfachsten grundbegriffe der mathematik, gerade mal die einmaleins-falten um den mund gelegt, und schon will er gehen. na gut.

– dann nimm aber dein ganzes zeug mit, den krempel, den du hier angeschleppt hast.

– warum?

– damit ich die wohnung verkaufen kann.

– was sie nur hat?

auch jo zuckt nur mit den achseln. aha, da machen sie jetzt auf einmal gemeinsame sache gegen mich, das ist wieder einmal typisch, kaum klüngelt die ganze welt gegen einen an mit ihrem provinzknittern, mit ihrem provinzkapital, ist er auch schon da, dieser mariannengraben, und wie er sich durch die wohnung zieht, kein zusammenhalt, nur auseinanderfallen, und tatsächlich: sie halten mich wohl für ein telefongespräch, und jetzt so ein pseudoklicken am anderen ende der leitung, es ist aufgelegt.

gesagt haben sie, sie würden zu einem fußballspiel gehen, doch ich glaube ihnen kein wort. »ihr braucht gar nicht erst wiederzukommen!«

abknallen, ein kreislaufbeantworter. fällt mir noch dazu ein. so geht es aber nicht, wirft der herr aus der ersten reihe ein, kommen sie doch nächste woche wieder, so auch der zahnarzt neben ihm, und dann sehen wir weiter. ach so ist das, jetzt mischen sie sich auch noch ein, halten sie die klappe! gebe ich ihnen bescheid, und schon schweigen sie, lehnen sich zurück. da hat man es wieder: kein durchhaltevermögen.

geblieben ist noch dieser irre vom dienst: ich hole die polizei. sagt er noch immer oder schon wieder, was weiß ich, jedenfalls ist das so einer, der alle nasenlang losrennt und die polizei will, doch läßt auch das nach, und dann ist er plötzlich verschwunden.

jetzt nur noch der kühlschrank im nebenzimmer, läutet sein eigenes jahrhundert ein.
ansonsten ist die wohnung seltsam still.
ich rauche.

zünde mir eine zigarette nach der andern an. steckt noch jemand anderer hier im raum, der mir das nikotin aus dem zeug klaut? aber ja doch, eine ganze menge, schneller als einem die felle davonschwimmen können, geht einem hier die orientierung verloren. man schaltet sich hier eine harmlose zigarettenstille ein, und schon ist im flur zu hören, wie handgefertigte stories hin- und hernumeriert werden im lachen. sind sie also doch zurückgekommen? was haben sie da wieder mitgebracht? oder sind es etwa nur hörreste, die ich da aufschnappe?

ja, hörreste und sehreste, würde auch jo jetzt sagen, um keine antwort verlegen, aber was liegt dazwischen, meine liebe, ich meine, was steckt dahinter? er hat recht: ca. einen meter unterm herzen fängt die welt an umzuschlagen in ganz was anderes, habe ich einmal dazu gesagt, erinnere ich mich, und jetzt habe ich den salat.

34

überraschung! schreit plötzlich der kerl, wie ein spaghettitrick aus den unterarmen des universums gezogen, und dann stehen sie alle da, die menschen aus dem managementbereich, aus dem zukunftsmilieu, oder sind es vielmehr die leute vom bahnhofsklo? ist nicht zu sagen. »jetzt aber party«, ruft auch schon jo, »du hast gewonnen! schon vergessen?« – ja, aber wo? – sie wollen es nicht verraten: es ist ein geheimnis, es soll ein geheimnis bleiben.
da bin ich aber froh, da bin ich aber zu dank verpflichtet,

doch ich weiß nicht wem, ich weiß nicht wo, und auch nicht komme ich mit den menschen klar, die durch die wohnung stiefeln, ja, nicht mehr komme ich mit diesen menschen klar, im grunde menschen wie autos, menschen wie sandstrahlgebläse mitten ins gesicht, und immer mehr werden es in dieser wohnung, doch ist das überhaupt noch eine wohnung, oder handelt es sich hier vielmehr um einen zebrastreifen, auf dem man rumsteht und nicht achtet auf den querverkehr oder schnell weitergeht – von den beiden ist jedenfalls nichts mehr zu sehen, oder kann ich sie in dem gewühl nicht mehr entdecken?

das ist nicht mein kind, begrüße ich deswegen die leute vorsichtshalber, das ist frischfleisch unter dem brett, das um ihn wächst, begrüße ich die leute, um zu sehen, in welche richtung sie gucken, doch sie hören nicht, es interessiert sie nicht im mindesten, und sie gucken nicht, nein, schon kleine bäuchlein auf den augen. menschen aus dem managementbereich, ja, ja, lauter fiese kleine tümpel, auf die man sich verlassen kann, urwald aus gutem hause. zaudern nicht, sich an den kühlschrank zu wenden, haben keine probleme mit drittklassigem bier, sind um jede sorte froh, und doch erzählen sie es dann weiter.

ja, was ist nur los in dieser höhenlage, hanglage sollte man besser sagen, denn ein saftiger druck entsteht nach unten – nicht umsonst blühen so viele anzüge auf und krawatten – ja, etwas geschieht hier, immer mehr gesichter in farben kleiden vorbei, die menschen hinten nachgezogen von ihren beinen, hände sind jedenfalls nicht zu sehen. alle rennen immer nur geradeaus in etwas hinein, die ausstellung der gesichter in gebrauchssprachen nimmt zu, hellblaues (gleißendes) vollkornlicht, und überall, wo sonst noch der zucker stecken kann, ist er auch zu sehen. gas geben heißt es jetzt mit den zähnen, dabeibleiben ist der rest.

was kann man hier? einen guten mix aus augen-zu-und-durch anlegen.

ich meine, man macht sich ja sonst nicht in die hose. oder so.

35

und machen einen auf zaster, die kerle von der siemensecke, von der reiterei, wie ich immer sage, so stolze presseburschen mit nix im hirn als wachstumsstufen, wachsstifte die frauen nebendrangeklatscht, so ehefrauen, schmale lippen, hängende taschen – ein standardgewächs an streit eben – »paßt!« ruft man dann und dreht sich wieder um –

hinten ist wohl ein think-tank ausgebrochen, wurde aber auch zeit hier, wurde aber wirklich zeit, und kennt jetzt jeder einen, mit dem er kann, oder was ist los hier? – geht schon an eine pinkelmusik nach der anderen: »soooo, hat jetzt jeder ein paradebeispiel, an dem er zappeln kann?« – nicht fisch, nicht fleisch, diese hände: grüß sie – jochen grunwald, immobilienmakler! sagt er und grinst. mit welchen leuten man es hier zu tun bekommt, du lieber himmel, »angenehmen tag wünsche ich noch!«

hinten ist wohl der volle think-tank ausgebrochen, jetzt kommt er aber rüber: »profilaktisch gesprochen: der handstaat muß wieder her, doch darf man das nicht laut sagen!« flüstert und schwärmt ein anderer los von dem glatten, schwarzen etui der 20er jahre, nur die ameise müsse noch erfunden werden, die darüberlaufen kann, setzt ein dritter hinzu. na also: »nur nicht einnicken, sage ich immer«, mische mich ein, »nur nicht einnicken«, doch kommt das nicht gut an –

it's none of your business, stapelt auch schon so ein habacht- vogel hoch, kommt aus der klimaanlage, der kerl, bin ich mir sicher, so wie der gestrickt ist, habe ich bald die wohnungs- tür im auge, die ich gerade geöffnet habe, um abzuhauen, nur ein stück weit, und schon steht wieder einer da, so ein hoch- gemixter powerranger, marke »abwarten und dann zuschla- gen«, hält mich fest: »jochen grunwald, immobilienmakler, grüße sie!« – nicht fisch, nicht fleisch, diese geradeaushände – »doch haben sie ihr paradebeispiel an mensch bei der hand?« erinnere ich mich. na also, da ist ja schon eines. »sie wollen diese wohnung verkaufen?«

während sich im bad menschen aus jahrgängen begegnen, während sich im bad menschen aus jahrgängen begegnen, hebt sich hier vorne ab ein supergespräch nach dem anderen. im grunde ist man also doch im kino, obwohl das niemand zugibt, und irgendein knöchellanger film spult sich vor uns ab, so was aufgeblasenes auf 35 mm: »sie wollen die woh- nung verkaufen?« fragt er ein zweites mal, »bin ich hier rich- tig?« – »aber hallo, sie sind richtig, immer nur hereinspa- ziert!« mein gott, die wohnung hatte ich ja schon ganz vergessen – und reiche ihm ein verwaschenes lächeln, soll er selber weiterkommen damit, bin schon wieder an der bade- zimmertür, während er durchgeht und durchgeht durch die räume, sehe ich mir das an.

ja, halten die da drinnen etwa eine spiritistische sitzung ab, oder was? also wirklich: knuddeln die da sich zu einer spiritistischen sitzung hin mit aluminiumkerzenständern und gegenlicht unterm kosmetiktisch? hier wackelt ja alles schon, aber das ist ein startendes flugzeug: »sie sehen, ich lebe in erreichbarkeit!« der typ, seine knie gehen plötzlich in ihr gegenteil über, lacht: »sie sind also nach berlin gegangen, wie aufregend, und was hat sie dort hingebracht, wenn man fragen darf?«

dieser grunwald! »und jetzt sind sie also auf durchreise, tja, passiert mir auch immer wieder.« grrruuunwald! und beugt sich schon an mich ran: »wissen sie was, ich bin auch aus berlin«, flüstert er mir plötzlich zu, »und wissen sie, was?« und schon zeigt er mir sie alle, seine sonnenklaren damen aus der brieftasche, hineinverkleinert, nach nationalitäten geordnet, aber leicht nachfedernd. da mischt sich schon mal eine italienerin unter die deutschen (haben sie sofort erkannt, nicht?), sehe ich sie, die fotografien für handelsvertreter, banker, verkäufer, strohmann, terminfarben usw. ... da gibt der grunwald nicht nach mit seiner eigenregie: »im moment haben wir dieses projekt in itzling, bürogebäude, das müssen sie sich unbedingt ansehen. überzeugen sie sich, wie da sofort ein straßenleben anfängt, wählen wir es an«, sagt er und pfeift, schlägt sein portemonnaie zu. »die stadt aus der geraden locken, kein leichtes spiel, jaja.« und pfeift.

kleiner könig kalle wirsch, wo bleibst du bloß in dieser stadt, die sich auf pelztiere besser versteht als auf menschen, wo bleibst du mit deinen wurzeln, die du einem in die hand drückst, und dann wird man klitzeklein und verschwindet im erdboden. doch immer werde ich angenehm, ich brauche bloß ein paar leute um mich herum, und schon werde ich angenehm, auch seine augen beginnen sich warmzulaufen:

»wissen sie schon, was sie mit ihrem geld machen wollen?«
man muß in bewegung bleiben, dynamisches portfolio, höre
ich, stille teilhabe, beteiligung, redet er weiter, während ich
mich erneut nach dem bad umsehe. »meine rede: bleib in bewegung, sage auch ich immer zu meinem konto, doch es hört
nicht auf mich, es geht an mir vorüber, als kennte es mich
nicht.« gebe ich ihm rasch zur antwort, der schon richtung
küche ist.

»naja, hier ist es aber nicht eben gemütlich«, meint grunwald
und sieht auf die endlose abreise von qualitätsgütern und tüten, den tisch: »sie sollten rasch was tun!« recht hat er, recht
hat er, hier vorne sind ja nur noch bürofritzen unterwegs, die
alles wegspritzen, was ihnen zwischen die finger kommt, das
sind keine gründungsmitglieder mehr am laufen mit ihren
lobbies mal da mal dort – auch bei ihnen ist wohl ein think-
tank ausgebrochen: ein synergieprofi nach dem andern stellt
sich nämlich heraus, wirklich, dieser planet hat keine schwierigkeiten überzulaufen, erkenne ich, und hier ist wohl die stelle, wo es geschieht: der kosmos muß abspecken, wer hilft ihm
dabei? – »ich, ich, aber ich!« höre ich einige: ach, laß mich
doch in ein schlankes unternehmen rein, quengelt einer, nur
durch diesen durchlauferhitzer gelangt man ins jahr 2000!
doch niemand hat sie mitgenommen. da hat man sich all die
jahre zu einem zustimmungsminister gekaspert, und jetzt
wird man so zur seite gesprüht, man ist ja heutzutage schon
ein ganz verkommenes jahr, ein verpfuschtes einzig und alleine, und alle, die einen sehen, bekommen einen schreck ob
soviel zeitverschwendung. aber auch ich beiße nur noch auf
granit, auf dem weg, eine funkelnagelneue betriebsbiene zu
werden, informiere ich sie, da heißt es husch husch! zunächst
in den pagenkopf einreisen und dann weitersehen. »halten sie

sich an schnaps!« ist die prompte antwort, und halte ich mich an schnaps, damit ein auskommen möglich ist.

»sie müssen aber nicht alles nachahmen, was da von oben kommt«, werde ich plözlich von einer angetippt, das hat doch keinen sinn. pluspunkte bringt das nämlich keine, redet sie weiter. – an irgend etwas muß man sich ja halten. – und wer bezahlt dann die rechnung?
ja, wer bezahlt die jetzt?
grunwald steht noch immer am balkon, sieht hinaus und denkt nach. er kriegt nichts mit, ist auch besser so. und so starre ich noch immer auf diese frau, wie sie sich breitmacht, die hat sie nicht alle, aber wie sie das macht! pinkelt die etwa auf den boden? kommt es zum geschlechtsverkehr? aber nein, sie sitzt ganz sachlich da. »was man alles aus einer wohnung mit demselben schnitt machen kann!« lacht sie. sie ist die nachbarin, stellt sich heraus: »wie sind sie hier hereingekommen!« – na, wie alle andern auch: über den nachbarbalkon, über den nachbarbalkon, durchs telefon. die augen eine meute.

da denkt man immer, man kann sich ins private zurückziehen, auf spurlos verschwinden: »ach, wäre das nicht herrlich, ein wenig im dickicht sein, einfach rein in 'nen dschungel und oben zu und unten zu und fertig ist die chose, oder noch besser in einem elefanten verschwinden und mit ihm abhauen?« doch das interessiert sie nicht: »und sie wollen diese wohnung verkaufen?« aber ja. und sie lacht nur und lacht, »mit welchem recht?« – »eigentum«, gebe ich zur antwort, und sie lacht und lacht nicht mehr, da habe ich aber das falsche gesagt, sagt sie:»wir sind hier aber nicht im osten«, sagt sie, »von eigentum redet hier keiner mehr.« sondern?

»alle mal herhören!« ruft sie aber schon weiter: »einen neuen kosmos hat die lady in planung!« doch niemand reagiert mehr, alle hauen sie ab, wohin fragt sich nur. krethi und plethi packt und nimmt mit, die leute schleppen, als wäre ein kleiner weltuntergang im kommen, und kommt er wahrscheinlich auch, sickert durch von oben langsam. saubande, sage ich, sie räumen ja die wohnung aus! doch: pssst! ruft sie mir zu und sieht mich an: ja, keine ahnung haben, damit fängt es an, und weiter geht es mit anderen kalibern.

»ist ja schrecklich«, ruft plötzlich grunwald, »nein, nein, meine liebe, mit verkaufen ist nichts mehr, da muß eine gesellschaftliche lösung her!«, höre ich sie aber schon weiterreden, und dann? frage ich, »das wird sich dann schon zeigen.« und läßt mich einfach stehen. »ich hole mir schon, was ich will!« rufe ich ihr nach, doch sie lacht nur.
»ist ja schrecklich«, wiederholt sich grunwald, und spult sich ab, ein mindestbeitrag an geistigem regungsvermögen: »was sind das für leute? wo wohnen sie denn hier?« na endlich hat er es kapiert, aber auch mir dämmert langsam so einiges.

»so werde ich ihre wohnung mit sicherheit nicht vermitteln können, wie sieht das denn aus.« grunwald klopft sich ab. »aber«, und jetzt macht er eine kurze pause, »ich gebe ihnen einen gutgemeinten rat: bringen sie sie erstmal auf vordermann, alles raushauen, ausmalen, den balkon machen, so camouflage, zum besseren verkauf, dann können wir weitersehen, bei so kleinen objekten entscheidet oftmals der optische eindruck. rufen sie mich also an, wenn sie soweit sind, hier ist mein kärtchen!«
und raus ist er. jetzt ist es wieder still. alle sind weg. aber das heißt ja heute nichts mehr.

36

muß wohl eingeschlafen sein, denn »überraschung!« – der kerl, wie ein spaghettitrick aus den unterarmen des universums gezogen, steht vor mir, er sagt nichts, er wartet. man kann nirgendwo mehr hin, so sieht er aus. »bist du noch immer da?«
er sieht mich an wie eine rigipsplatte, eine glatze auf den augen: »natürlich. was denn sonst?« doch voller fingerabdrücke der raum, voller beweismaterial die luft. was ist geschehen?

»na, hast du es also gemacht?« fragt jo, hast du es geschafft? – was? – verkauft – naja, sage ich, und schweige dann einen moment: wo seid ihr gewesen?
sie starren mich so an.
wie sieht es hier überhaupt aus? das ist ja fürchterlich. rufe ich. sie starren mich so an.

– so ein bißchen möchtet ihr mich wohl schon umbringen, so ein bißchen gegen mich sturm laufen.
– aber nein.
– doch doch.
– was ich möchte, ist hierbleiben. hat der kleine plötzlich gesagt. jetzt ist es heraußen.

wie, was ist los? frage ich ihn. hektisch nestelt er herum an seinem hemd, die nervosität der pubertät, die neuen medien, sagt man dazu, doch ich weiß es besser: es ist die leiche im keller, sie ist dicker geworden, jetzt redet sie. jetzt habe ich mich hier so schön eingelebt, sagt sie und setzt sich durch.

»was ist los?« frage ich harmlos, hast wohl eine leiche im keller, bist wohl nicht ganz beisammen.

– ehrlich, wir können nicht los. er wird lauter. »bist du etwa krank?« – nein, stottert er, plötzlich hat er augen wie tischtennisbälle, die klicken hin und her auf der großen platte, die wir beide ihm sind. er denkt nach: ich bin nicht krank, ich bin höchstens schwanger. – was?
die frau mit brüsten und gegenbrüsten, das ist er also, »du denkst dir aber auch immer was neues aus.«
– kommt das vom onanieren, fragt jo, oder wer ist der vater?
– das weißt du doch am besten!
– also gut, mal sehen, ob er schneller ist als ich? werfe ich jo zu und winke ab.
– das ist nicht witzig, so der kleine – doch, doch, außerdem kannst du gar nicht schwanger sein, du bist zu alt dazu! – das stimmt, sagt er und überlegt: mein gott, ich bin doch längst über fünfzig, bricht es aus ihm heraus.

37

ja, keine modelleisenbahn ist der mensch, die immer nur im kreis fährt, nein anthropologisch gesehen ist dem kleinen jetzt ein schlußpunkt gesetzt, der kommt jeden augenblick näher. doch die ärztin hat einstweilen nur eine infektion feststellen können, da kann er nichts dafür – wirklich nicht? frage ich, weiß ich doch, daß er alles machen würde, um hierbleiben zu können, das geht aber nicht, sage ich ihm, spar dir das.

wie wild schaltet er wieder elektrisches licht ein. licht wie einen schiefen turm auf das tageslicht nageln, einen kaugummi an licht auf den stuhl kleben, damit jemand hängen bleibt, macht er jetzt. mal sehen, was plötzlich auftaucht, sagt er zu uns, wenn ich anschalte. und wirklich, sehe ich auf einmal maria sitzen in ihrem kunstlederrock. funktioniert es also doch, wer hätte das gedacht. rosarote ausläufer an augen, mitmelken! mitmelken!

und dann liegt er wieder da: ich da und welt auch da und beide haben wir anknüpfungspunkte, das ist aber auch alles. soviel ist sicher, der kleine ist nur mehr ehrenamtlich ein kind, in wirklichkeit ist er schon so was wie ein strohhalm, durch den eine krankheit knickt, sage ich zu jo, während irgendwo vor seinen augen etwas wie ein fernseher rennt, hört er mir überhaupt zu?
überhaupt jo. ist nicht mehr zu gebrauchen, seit wir wieder alleine sind. schläft nur noch. da hat der körper nur eine himmelsrichtung: ganz nach unten, ab in die gewohnheit. hotline, sagt man jetzt allerorts dazu, doch jo hält sich nicht daran, sagt »herumkomma«, dreht sich um und schläft wieder ein. schneller bleiben als schlafen ist angesagt! doch jo winkt nur ab.

da habe ich mir vorgestellt, der zustand des kleinen würde sie wieder festziehen, die rufzeichen unserer beziehung, doch passiert ist nichts dergleichen. im gegenteil: ein zimmer ohne schiffsschraube ist es, und trotzdem fährt es alleine ab in diese krankheit. das einzige, was sich sonst noch verstärken kann, ist das gefühl, hinter fensterscheiben zu sitzen. draußen befindet sich die leuchtendluft, und drinnen sind wir eingeschneit von dieser krankheit auf 1800 meter minde-

stens, mit nur gasbeleuchtung im kopf und nicht viel hei-
zung. draußen nichts als der landschaftsanfang und hier drinnen die grobe nuß gegenwart, in deren oberfläche, furchen
und falten, sich höchstens das telefongeräusch langziehen
kann, damit hat es sich aber auch schon, sage ich mehr zu
mir als zum rest der wohnung, der sich auf und ab bewegt
mit dem brustkorb des kleinen. er scheint zu schlafen, und
dabei atmet er uns das ganze zimmer voll. er atmet uns das
ganze zimmer voll!

38

es ist nichts mehr wie es war

es ist nichts mehr wie es war, und so geht es immer weiter.
hat also der verfall angefangen, mein gott, hat der verfall hier
schon eingesetzt, sehe ich ihn in seinem körper verlorengehen, mein gott, hat der verfall schon eingesetzt, und man ist
sich kein stückchen nähergekommen, mit piffpaffmethoden
kreuzt er hier auf und macht alles zunichte mit seiner super-
technik »zerfasern!« und man selbst steht da in einem dieser
gelben asbestanzüge und wartet.

jaja, die farbe des regenwurms, hier wird sie gründlich aus-
gekocht. schluß mit lustig! rufe ich, die goldgräberstimmung
wird hiermit abgebrochen.

hat der verfall also angefangen: right now wird ausgelöst ein
super-gau nach dem anderen. doch wie immer sieht man

nichts. nur so eine kleine spengler-pflanze geht bei fuß bzw. hechelt nach und will heranwachsen zu einem ungeheuren umbrellaveilchen, doch man läßt sie nicht, so bleibt es bei zahlreichen marienerscheinungen, die aufgetaucht sind auf der rückseite von verkehrsschildern, die reinsten abziehbilder, aber immerhin, es häufen sich die zeichen allerorts. man stirbt langsam aus, wird gesagt, die gene floppen nur noch, sagt man zu diesem oder jenem menschen: deine gene sind schon ganz schön im arsch, doch hat sie ja nahezu endlos gedauert, die evolution, in birkenstocksandalen lief sie dabei nicht gerade herum, kann man schon sagen, war ja mehr so ein tauziehen, ein verfahren, aus dem man sich auch jetzt schlecht abseilen kann.

doch man soll ja nicht persönlichen verfall mit der welt verwechseln, ermahne ich den kleinen, das zieht einfach nicht, da muß man schon abstand halten, da muß man schon eine grenze setzen können, doch wo anfangen?

weiter erstarken die ostereier im kühlschrank zu kleinen bomben, die schmeißt man durch den körper mit keinem sinn für eine richtung. die zimmerpflanze ist auf uns zugekommen, jede nacht voneinander geträumt und nur pflanzen dabei gesehen, dabei nachgelenkte augen. doch jetzt ist das hintertürchen im kopf aufgegangen, da zückt einer die pistole und marschiert hinaus und schießt und schießt und trifft auch tatsächlich das richtige, und doch ist es immer nur der kühlschrank.

die tage sehnen sich nach einzahl, und was geben wir ihnen: die pure verdoppelung, das pure hintereinander, und das geht so im rotationsprinzip, immer muß einer da sein, und der andere hat dann frei, das geht im raschen wechsel, dabei werden die krankenhosen immer schneller, und irgendwann sind sie dann vorbei. so haben wir es ausgemacht, doch heute bin ich wiedergekommen, und er war fort. keine spur mehr von jo, sicher, die uhr tickt, aber keine spur mehr von jo, sicher, der kleine liest, aber jo ist weg.

– wo ist jo?

– der hat gepackt und ist gegangen. aus familiären gründen, hat er gesagt. – dieser hund, jetzt ist er also fort, hat mich alleine gelassen, hat es nicht mehr ausgehalten, nun gut, wir haben kaum noch miteinander gesprochen in letzter zeit. ist er also zurückgekehrt in sein elternhaus. manchmal sehe ich ihn jetzt noch bei der teppichstange stehen, oder er sitzt wieder auf seinem mountainbike, sieht hinauf, mag sich fragen, was hier geschieht, doch so kriegt er sein fett nicht mehr ab, er ist jetzt wieder der junge von nebenan, er ist jetzt wieder 16.

überhaupt geht jetzt alles wieder rückwärts: schon glotzt sie mich wieder an, die normalität, die man sich so ausbaut zu einer ungeheuren seifenblase, die einen mit der zeit gegen die wand drückt: regale, stühle, eßtisch, die uhr an der wand, teppich, das kind auf allen kanälen. war die wohnung für uns zu dritt zu eng mit ihren paar quadratmetern, so ist sie für uns beide nicht mehr zu überblicken.

man läßt ja bekanntlich nicht einfach jedes handkerchief fallen und trabt dann davon, doch mache ich jetzt nichts anderes mehr, bemerke ich immer öfter, wie auch ich mir die schuhe anziehe, ganz automatisch habe ich dann eine jacke zur hand. »muß mal raus«, sage ich, habe ihm deshalb schlaftabletten gegeben, so mache ich es schon eine ganze weile: ihn in die nächste schlaftablette hineingießen und abhauen. dann fahre ich stundenlang einfach über die landstraßen ohne ziel und richtung, jetzt zum beispiel habe ich schon wieder die hände am lenkrad, kleine haustiere, die plötzlich in technik machen, hinter mir die liebe siedlung, ganz unzerkaut, ganz vollständig, nichts ist aus der rausgefallen, keine menschen rund um mich herum, keine fahrraddemo überholt mich langsam an der kreuzung, nur ein auto steht mir gegenüber, in dem die sportlichkeit wohnt als windjacke oder als stirnband. jugendliche direktwohner eben, menschen, die in unbunten jacken und geradeaushosen hausen, eingerichtet in sparsamen farben.

und plötzlich wird es mir bewußt: ich habe heimweh nach berlin.

es ist seltsam, da habe ich in berlin all die zeit nur konkrete gegend gespielt, nichts davon ernst gemeint, und jetzt? jetzt hockte ich am rand einer der teuersten städte, mit wildwechsel an wildwechsel an schönheit, und was machte ich daraus? die düsenform anlegen in den augen zum mitfliegen ins nächste jahrtausend, nicht gerade. nicht eben in einem sofortverein befindlich mit der gegenwart.

wo bleibt sie, die stadt in bengeln, die um einen herumläuft, die musik in einzelne schneeflocken verpackt (tekkno! tekkno!), dieses brennen junger fohlen unter den lippen, und überall die immerselbe wolle: man ist ja heutzutage ein schneemensch, völlig aus wolle bestehend, und zieht man am faden, dann löst sich der ganze ich-beulen-pulli auf –

ja, auflösen möchte ich mich, zu einem faden werden, der sich durch die stadt strickt, und nicht zu einer tastenkombination, die man drückt und dann steht man da als anrufbeantworter. nicht irgend so ein wischiwaschi-unternehmen hat man sich an land gezogen, sondern ein leben! erzähle ich dem kleinen, ach einmal wieder auf so eine party in eines dieser abbruchhäuser, wo man selbst in der wohnung die treppe in der hand behält, weil sie sonst auseinanderfällt. einmal wieder hinein in den kopierverein mit dem nachtleben, bis das papier in der mitte aufreißt und durchgeschossen kommt der durchausdraht zum zeitgeist – oder, unterbreche ich mich, was neues anfangen, ja, was ganz neues müßte man beginnen, erzähle ich ihm, dabei ist mitfühlen angesagt, mitfühlen mit dem hustenden kind, das die wände näherstrickt. da habe ich ein herz wie eine kuhwiese, immer zum arbeiten bereit, doch geht es nur noch daneben damit.

doch schließlich will auch er nicht kapieren, was krankheit heißt: still-liegen, traurig sein und ja nicht über den tellerrand rausgucken, der uns umgibt. immer wieder steht er auf und will rausgehen.

ich sähe gespenster, sagt er mir plötzlich, ich sei nicht ganz da: du bist auf dem falschen film!

40

ja, ich habe heimweh nach berlin, besonders in den ostertagen habe ich heimweh nach da oben, so erzähle ich es dem freiberufl.-kosmopol. konservativen schriftsteller, der hier immer wieder aufkreuzt, »schaut nach, was vor sich geht«, wie er behauptet – und kommt er heute etwa schon wieder zum tee?

– heraus mit der sprache, kommt er heute zum tee? aber ja doch, und dann wollen sie nicht gestört sein, bis er wieder aufbricht, wahrscheinlich weitertigert von einem usambara-veilchen zum nächsten, gibt ab das lokalkolorit in spaziergän-gen. »wie heißt der überhaupt? olaf wetzel oder so?« der ist beinahe in rom, aber nur beinahe, finde ich am nächsten tag heraus, in wirklichkeit ist es vorübergezogen an ihm, das war in den 80ern, erzählt er, und manchmal kommt so eine stim-me von oben, das ist meine berufung, erklärt er, doch fällt ihm dazu weiter nichts ein.

immer geht er an mir vorüber, den fernseher ausschalten: in jedem auge steckt zumindest ein knöchelchen, das brechen kann, wenn man es zu schnell benutzt, meint er. doch »seine eigene body-taste drücken, und ab geht die fahrt!« redet da gerade so ein junkie, »alles ganz easy mann«, wird da einer frau vermittelt, die »ja, seien sie ihr eigener bio-regisseur!« kommentiert, das interessiert mich! doch er, er schaltet ab. »man muß sich doch den privatblick auf die dinge bewah-ren«, sagt er dazu. und wieder geht er vorüber, den fernseher ausschalten: »das hält hier aber nicht lange.« dabei ist die rede vom jungen, der ein jahr im koma lag, »ein jahr im koma, und du hast den dreh raus«, sagt er, und der kleine übt schon. dann glitzern wieder ein paar hausfrauen auf spar-flamme vorüber, talkshow, seufze ich, und zack! weg ist es. »was anderes können sie wohl nicht machen?« – was? – na, als fernseher ausschalten.

na, sehen sie es sich an, sagt er, und zeigt auf den bildschirm: selbst die deutsche familienserie hat es erwischt! – tatsäch-lich, sehe ich jetzt, menschen in verblichenem business-look,

früher noch tierärzte, frauenärzte, ehemalige rechtsanwälte
sind jetzt ganz auf den hund gekommen, und auch ihre frauen passen. sie sitzen nur noch auf ihren parkbänken, müde
gesten, und wasser fließt durch deren körper ohne erfolg.

ein jeder bleibt nur mehr in seiner schnellwahrnehmung
hocken, behauptet er, was das denken betrifft, hauen sich
doch da alle auf die immergleichen schenkel, happy coins, so
sagt man in den staaten, ist das, was man noch sein darf.
und schaltet aus.

plötzlich hatte ich also diesen mann am laufen, der hält mir
alle möglichen broschüren hin, sonderangebote, nehme ich
zur kenntnis, ich brauche nichts, ich meine – sicher nicht?
fragt der mann und sieht mich ein bißchen unheimlich an,
aber es funktioniert nicht: sind sie sich sicher, daß sie nichts
brauchen, und wenn schon: ich brauche was.
ach, so läuft der hase.

»wer sind sie überhaupt!« frage ich ihn. er ist dein bruder,
sagt der kleine – mein bruder? – das ist dein bruder, beharrt
der kleine, und er macht sich sorgen. – jesus liebt dich, sagt
er aber nicht gerade, und wir kommen überein, eine tasse
kaffee miteinander zu trinken, aber keinen schritt weiter. er
sei der wahre vater, rückt er endlich mit der sprache heraus,
aber »pssst, sagen sie ihm nichts davon, er soll sich langsam
an den gedanken gewöhnen.« ich kenne aber keine wahren
väter, ich kenne nur den wahren heino, informiere ich ihn,
und so kommen wir wieder auf berlin zurück. schwärmt er
los, »in die deutsche hauptstadt«, sagt er dann, »müßte
man«, und ich weiß plötzlich nicht so recht. – und was machen sie hier? frage ich ihn. landschaftspflege, sagt er bloß.

dann erzählt der typ wieder etwas von seinen erfahrungen vom krieg. der kommt bald, sagt er, und so geht das hin und her, und will sich eine kurze liebesgeschichte nicht einstellen, stellt sich kein kurzes glück ein, nein, ich bemühe mich ja, aber es reicht nicht. wir haben auch zu unterschiedliche positionen: *tatsachenspannung* nennt er die welt, und dabei sucht doch vieles erst einen reißverschluß zum aufkreuzen –
– wie bitte?
– manches sucht noch einen reißverschluß zum aufkreuzen!
»das ist ja furchtbar!« ruft er dann gleich, oder: »das ist ja blanker marxismus, den sie hier treiben«, ruft er an allen ekken und enden, dabei ist blutspenden das einzige und organspenden das höchste, was sich noch denken läßt in dieser welt und topfpflanzen und mülltrennung solide hausaufgaben für das ausgehende 20. jahrhundert, weiß ich längst bescheid, ja, ja.
»haben sie mehr humor!« ist seine antwort, haben sie mehr humor, ist sein standardargument, kaum will ich was sagen. und wieder sehe ich ihn an, ein in sich geschlossenes huhn mit minizivilisation im gesicht: haben sie mehr humor, und gackern die wände, nur ich kann nicht. oder: sie lernen aber auch nicht aus der geschichte.

derweilen ist der kleine ganz schön in den hintergrund geraten, hat schon wieder bremskolonnen ins blut eingebaut. »bleibt der auf ewig in seiner kaugummiblase an schlaf stekken, ist er nicht wieder rauszukriegen?« fragt der typ mißtrauisch, ich sage nein. »sie lassen auch nicht locker!« – ich muß doch die wohnung anbringen, antworte ich prompt. denn heutzutage denkt ja alle welt übers aufrücken ins nächste jahrtausend nach, so einfach ist es selbst damit nicht mehr, so jedenfalls sehen die menschen aus, die sich die wohnung ansehen, sie wollen sie kaufen, behaupten sie, doch nichts davon ist wahr. gestalten, die sich nicht zu benehmen wissen, die so tun, als sähen sie den kleinen nicht, sie gehen strikt an ihm vorbei: zugegeben, da liegt er im bett, dünn wie eine fliege, zugegeben, da hört man immer von neuen krankheiten, die auftauchen sollen. das mittelalter ist praktisch wieder am ausbrechen, doch im mittelalter ansässig sein, das wünscht ihr euch doch, schreie ich den leuten nach, aber diese seite der medaille, die mag keiner schlucken. und danach sieht man sie nie wieder.

»immer noch verkaufsbemühungen« fragt der typ mich eines tages, und ich sage ja. es stimmt: nicht einmal verkaufen kann ich. »dann nehmen sie doch mich!« hatte also auch er seinen plan, der kommt jetzt heraus. nur so oberflächenkosmetik waren unsere gespräche. doch wenn klar ist, was einer will, dann gibt es nicht mehr viel zu sagen. »aber sie haben doch kein geld.« – na und?

auch im fernsehen bleibt übrig 1 kleiner martiale, der sich nichts als um die eigene achse dreht, immer um die eigene achse und macht geräusche dazu.
es wird eben immer leerer. denn verkehrt rum läuft es, luftballon, und drinnen ist die welt. nicht aufgespannt, sondern zusammengestaucht. und jetzt kommt die nadel an und sticht, und dann platzt es. der himmel will sich ja ausdehnen, und die köpfe machen es ihm nach, doch der himmel floppte. heute zumindest. der typ hat gesagt, das kommt noch alles, doch ich weiß nicht so recht.

wer wird denn schon vom sterben reden, rufe ich fröhlich
frühmorgens aus und öffne den vorhang. danach bekommt er
seinen tee und ich meine ruhe: hast du mir den *spiegel* mitgebracht. – was willst du denn noch damit?

sicher, es ist schon blöd, so ein vertanes leben: aufgespult sein,
losgelassen werden, und dann läuft der faden ab, ohne sich zu
verwickeln, in kreiselhaltung sein leben beenden, wo hat man
so was schon gesehen, ich meine, hättest auch ruhig ein bißchen mehr machen können, dich entwickeln beispielsweise,
nicht immer nur fahrradkurier sein und glauben, damit hat
sich die sache – ein bißchen weiterschauen, ein bißchen drüber stehen. was für ein pech, hast du deine zeit vertrödelt.

doch davon geht der wannsee auch nicht unter, sage ich ihm
schnell, denn er macht gar keinen guten eindruck, er sinkt
bloß zurück ins kissen, kleine weiße äuglein, ein mäusege-
sicht: »wer wird denn jetzt schlappmachen, in deinem alter
noch schlappmachen«, sage ich ihm, »das geht doch nicht.«

auch am bildschirm ist stille eingekehrt, manchmal sieht man
noch etwas sich bewegen, fähnchen im wind, als wäre ein
tank leer geworden, und der kleine starrt nur noch auf den
einen, der bewegt sein bein ab und zu, aber mehr ist es auch
nicht.

dann erzählt er wieder vom krieg, das macht er jetzt immer.
»bist doch gar nicht dort gewesen, woher willst denn das so
genau wissen?« frage ich ihn, doch er scheint mich gar nicht
zu hören. »anscheinend bist du doch dort gewesen«, seufze
ich, gebe auf – ja, als kleiner junge, sagt er, »ich war ein kind
noch, stell dir vor. genau einkreisen läßt sich sein alter ja
nicht, also warum nicht?

»wie lange ich damals mit zehn mark ausgekommen bin, du
ahnst es ja nicht«, erzählt er mir beispielsweise über das wirt-
schaftswunder, »wie lange das ging, da habe ich jeden pfen-
nig umgedreht und umgedreht und habe noch was dabei her-
ausgeholt, aber geld zählt ja heute nicht mehr.«
er hat noch die zarenzeit mitbekommen, läßt sich schwer sagen, oder den kaiser franz – nicht im mindesten! vielleicht
ein wenig die 48er revolution, und die französische auch auf
leitung? wer weiß, er wächst sich so nach hinten aus und kein
ende abzusehen.

schluß! rufe ich, doch es tut nichts zur sache. hör auf damit,
rufe ich, doch er hört nicht auf, er macht kein ende, schluß!
rufe ich endlich, das halte ich nicht mehr aus, rufe ich, und
in unbeheizte augen regnet es lauter rein, kann ich jetzt feststellen, jeden grashalm atme ich in mir nieder, der sich falsch
bewegt, doch es bleibt dabei, gegen dieses rauschen ist kein
kraut gewachsen. und wird auch im weltraum noch zeit un-
tergebracht, so hier nicht mehr, das hat sich hier jetzt aufge-
hört.

sich selbst vergeben, indem man das opfer umarmt, nennt
man das, aber ich finde es sehr angenehm. in liturgische ge-
sänge ausbrechen tut deswegen hier niemand, und die oster-
ansprache des bundespräsidenten ist ausgefuchst wie immer,
minimalbereich unterlippe, auf die ich mir beiße.

einen kleinen leichenfledderer, so könnte man mich schon
nennen, nur eben im umgekehrten sinn, doch immer nur
hinzutun und hinzutun, das kann doch nicht gut sein, auch
mal was wegnehmen, habe ich mir plötzlich gedacht, und ich
ahne schon langsam, was.

was ist aus uns geworden? d. h. was habe ich getan? wollte
ich es nicht um alles in der welt verhindern, und jetzt ist gerade das geschehen. doch was ist geschehen, was genau läßt
hier nach? über welchen witz hat man gelacht? über keinen,
man hat sie alle selbst gemacht, wo jetzt ansetzen?

in guten filmen würde man jetzt anfangen, die jalousie zu
benutzen, die einem unermüdlich losungsworte aus den
siebzigern zurufen, das leicht kratzende geräusch des metalls
beim herunterlassen, das habe ich jetzt entdeckt. die gläser
haben ihren platz nicht mehr im küchenschrank, doch würden sie jetzt ganz leicht wackeln, startet etwa ein flugzeug?
doch nichts davon zu hören, nur im hintergrund eine klo-
spülung.

hörreste, sehreste, erinnere ich mich, würde jo jetzt sagen: ja,
aber was steckt dahinter? würde er sagen, aber jetzt ist er
nicht mehr da. niemand ist da. und so wird es eben schwierig: die wahrnehmung verläuft ja immer über andere menschen, die sie filtern, ohne menschen, die sie filtern, ist man
ganz schön aufgeschmissen, denn kaum ist man alleine, stürzen die dinge auf einen ein – nicht zu sagen, zum wievielten
mal ich mir die ohren auseinandertreibe, damit sie nicht zu-
sammenfallen auf einen fleck, die augen wachsen ja immer

nach, aber die ohren gehen verloren – oder ist es doch die
eigene wahrnehmung, durch deren raster man durchknallt?
– nein, aus dieser frage führt kein weg heraus, nur der heizboiler:

es geschieht beim händewaschen – der heizboiler! erschrek-
ke ich, springt nämlich das flämmchen an, wenn man das
warmwasser aufdreht, das hatte ich ja ganz vergessen, diese
beziehung zwischen warmwasser und badezimmerboiler,
schon als kind wollte ich sie nicht wahrhaben. doch dieses
proust-kipferl wird mich jetzt nicht überwachsen, so etwas
ufert ja heutzutage schnell aus, kaum hat man es sich versehen, hat es einen schon verschlungen – doch nicht mit mir,
nein, ich bleibe zurück bei den dingen in reinkultur.
noch einmal der blick ins bad, der spiegel übersät mit
kleinen weißen punkten, zahnpastaspritzern, als ob es hier
nie regnet, als ob dieses badezimmer vor unzeiten einmal
mit wasser zu tun bekommen hat und nun ganz stillgelegt
auf einem nebengleis dahinfährt. wasche mir die hände,
an der decke ein wasserfleck, steckt mich auch nicht weiter
an mit seiner heiterkeit. wasche mir nochmals die hände,
beim händewaschen einschlafen, das kann einem hier passieren.

ziehe mir rasch die schuhe an, den mantel, und gehe einfach
hinaus, lasse ihn zurück. er merkt es ohnehin nicht mehr.
auch die wohnung überholt mich zwar immer wieder, und
so komme ich lange nicht vom fleck, viel zu warm ist es für
den wintermantel, der hängt seltsam schief auf meinen schul-
tern, lange komme ich nicht vom fleck, aber plötzlich bin ich
draußen. und da kann ich wahrlich heilfroh sein. denn wie
das halt so ist bei häusern, die man verläßt, sie fallen plötzlich

hinter einem zusammen, da bleibt nicht viel zurück, vielleicht ein geräusch,

                 eine steckdose tritt noch mal ganz kräftig
auf. dann verschwindet auch sie.

43

ich habe jetzt eine antwort auf alles

habe eben eine antwort auf alles erhalten und bin froh zurückzukehren nach berlin. endlich wieder großstadt, großes indianerehrenwort – hauptstadt. so lange habe ich warten müssen, und jetzt ist sie da, die funkelnagelneue situation mit viel frischfleisch im kopf – jetzt aber mal rangehen.

komme also zurück, steht sie noch, die stadt: in neukölln laufen so vereinzelt frauen mit doggen und schäferhunden herum, ein melancholisches bild, aber das ist der vormittag. es ist jetzt frühjahr, und fährt man am südring entlang, kann man einen augenblick glauben, man fährt durch die prärie, aber das ist der flughafen tempelhof. das haus gegenüber ist vollständig abgerissen, und der country-fan von oben hat ein klasse keyboard geschenkt bekommen, darüber hängt er den halben abend, spielt: frère jacques, frère jacques, dormez vous?
alle haben zu tun.
das ist jetzt neu.
das ist der frühling der bauarbeiter. 300.000 arbeitslose weniger könnte das geben, spekulieren sie gerade in den nachrichten.

purer zeitverlust, sagt man da auch, wäre die 68er bewegung nicht gewesen, aber beim osten sei man sich nicht sicher, sagt man jetzt im *spiegel*, und auch in der *zeit* sieht man sie wieder, die fotografien: aussteiger, kommunarden und gewisse gestalten, die man so kennt und immer wieder mal antrifft in zeitungen wie diesen, kein zeitverlust auch die rückkehr in meine wohnung, sage ich mir jetzt, komme ich doch endlich mal zum nachdenken, doch jetzt ist nachdenken auch schon wieder vorüber, denn das telefon läutet wieder. das mit dem erbe hat nicht hingehauen, habe ich da eben gesagt, war wie an fremden fingernägeln rumkauen sozusagen.

rufe also karl an, seine freundin kriegt jetzt ein kind von ihm, d. h. das ist nicht ganz sicher, aber letztendlich wäre das gleich, und ich sage, ja, kenne ich, habe ich, brauche ich nicht mehr, und lege auf. treffe ich ute, und was macht sie immer noch: pixel park! schreit sie ins telefon, immer noch? du kommst aber auch nicht recht voran.
– ja, habe doch liebeskummer.
– braucht man berlin nicht dazu, entgegne ich ihr. »recht hast du!« sagt sie, also laß uns was machen. endlich mal eine vernünftige antwort.

man sagt, in dachgeschoßwohnungen hocken juppies, aber runter kommen die uns nicht, sagen auch die kerle in tüten auf der bank vor der eckkneipe, aus der sie eben raus sind und nicht wieder reindürfen bis morgen, wenn sie wieder reindürfen und nüchterner erscheinen oder vergleichbares. an ihnen gehe ich vorüber. immer weiter hinein in diese zahnlücke im herzen deutschlands. und drin hängen sie, die baufirmen, betonplatten, und kräne, noch hängen sie, aber bald ziehen sie alle weiter, noch schlägt hier seine zelte auf der brüllaffe: schwarzarbeit, schwarzarbeit! und schon kann man wieder bauarbeiter aufeinander losjagen: sieht doch ganz hübsch aus, wie sie ganz blue-collar ihren folklorekampf abgeben, und zwar auf einem untergrund, der sandig ist, und wie das staubt! und klatschen die zuschauer, man könnte meinen, man wäre in nordafrika! ach, die wüste. und doch ist es nur barenboim, der dirigiert.

immer weiter hinein, wo das reale fernsehen mal ums eck geht und nicht wiederkehrt, ein realoleben, wie es sich unter straßennamen eben so abspielt. auf du und du mit diesen gestalten, straßenschlurfern, story-dealern, wüstenbewohnern und hobbyzapatisten. und der landwehrkanal ist auch nicht zu knacken. dabei bin ich jetzt ein alter hase. die erfahrung im leben haut einen ja beinahe um, man darf sich ihr aber nicht verschließen, sonst bleibt man hängen, weiß ich bescheid.

nur manchmal denke ich mir schon, am ende ist man im prinzip doch nur ein gefrierfach weitergekommen, doch dann überlege ich mir es anders, wir leben ja nicht in der gotik, wir leben im spazierengehen, und genau das tue ich jetzt. mir ist bewußt, daß ich damit einem zeitvertreib aufsitze, der anscheinend voll die durchschnittsbevölkerung erfaßt hat, sodaß die, die am drücker sitzen, nur noch mit dem kopf schütteln und sagen: so geht es nicht, wer soll denn noch das bruttosozialprodukt ankurbeln, wer arbeitet denn heute noch? ich weiß, viele werden jetzt aufschreien und sagen: wir tun es doch! doch ich weiß es besser: da ist nichts mit arbeit, ihr legt bloß eure füße hoch aufs fauteuil, und dann schaltet ihr einfach ab. ja, gebt es doch endlich zu, weg mit der falschmünzerei! der ottonormalverbraucher ist im grunde zum sterben bereit, weil er nichts mehr vorhat als das. doch man ziehe sich den schuh nicht an, der einem langsam ins gesicht wächst!

irgendwie riecht es nach meer, habe ich mir aber eben gedacht und bin endlich weitergegangen.

Inhalt

Judith Hermann

Sommerhaus, später

Erzählungen

Band 2394

Zwei Frauen, die auf einer Insel ein Spiel spielen, das »sich so ein Leben vorstellen« heißt. Ein Premierenfest, das ein unerwartetes, frühmorgendliches Ende in der Wohnung des Regisseurs findet. Ein Mann, der in seinem Sommerhaus an der Oder Besuch erhält und an seine Vergangenheit erinnert wird, die er nicht mehr kennen will. Judith Hermanns Figuren inszenieren sich ihr Leben, sie lassen sich nur passiv oder als Zuschauer, nur spielerisch in »Lebensläufe« ziehen. Es ist ihr Gespür für die Zwischentöne und die subtilen Unaufrichtigkeiten der Gegenwart, das ihre Geschichten so eindrucksvoll macht.

Die Gedanken der Helden und Heldinnen kreisen immer wieder um dieselben Themen: um Liebe und Vergänglichkeit und die Angst vor dem ungelebten, dem verhinderten Leben. Die Enkelin, die von ihrer ans Bett gefesselten Großmutter erzählt, der alte Mann, der in einer New Yorker Absteige einer jungen Reisenden begegnet – sie spüren, wie die Zeit an ihnen vorübergezogen ist. Alle aber ahnen, daß sich ihr Leben nicht in der Gegenwart, sondern in der Erinnerung und in der Vorstellung zuträgt, daß Liebe und Vergänglichkeit letztlich zwei Worte für dasselbe sind.

Fischer Taschenbuch Verlag

fi 1750 / 1

Klaus Böldl
Studie in Kristallbildung
Roman
Band 2389

Johannes Grahn flieht vor seiner Vergangenheit nach Ostgrönland und arbeitet dort als Hotelchauffeur. Als ein Gast aus Österreich in dem Hotel absteigt, stellt sich heraus, daß beide eine gemeinsame Bekannte hatten: eine junge Frau, die, kurz nachdem sie mit Grahn eine Affäre hatte, bei einem Unfall umkam. Wenig später stirbt ein Eskimomädchen – wieder war Grahn in der Nähe des Unfallorts.

»Klaus Böldls erster Roman überzeugt durch seine glasklare, geschliffene Sprache und mit Aperçus, die glitzern und funkeln wie die Eiskristalle der Geschichte selbst. *Studie in Kristallbildung* ist das außergewöhnliche Debüt eines versierten Erzählers.«
Michael Bauer, *Süddeutsche Zeitung*

»...ein genauer Beobachter, ein großer Komiker, eine große Begabung.«   Hellmut Karasek im *Literarischen Quartett*

Fischer Taschenbuch Verlag

fi 1600 / 7

Thomas Brussig
Helden wie wir
Roman
Band 13331

Die deutsche Geschichte muß umgeschrieben werden: Klaus
Uhltzscht war es, der die Berliner Mauer zum Einsturz gebracht
hat! Dabei ist Klaus eigentlich ein Versager par exellence. Als Sohn
eines Stasi-Spitzels und einer Hygieneinspektorin wächst er zwischen Jogginghosen und Dr. Schnabels Aufklärungsbuch auf,
bleibt im Sportunterricht auf ewig ein Flachschwimmer. Auch
sein großer Traum, als Topagent bei der Stasi zu arbeiten, erfüllt
sich leider nicht. Dafür aber wird er, der inzwischen eine Perver-
sionskartei erfunden hat, zum persönlichen Blutspender Erich
Honeckers. Jetzt, da auch noch die Mauer durch – man höre und
staune – seinen Penis fiel, packt Klaus aus und erzählt von seinem
ruhmreichen Leben. Keiner hat bislang frecher und unverkrampf-
ter den kleinbürgerlichen Mief des Ostens gelüftet als Brussig.
Ein Lesevergnügen allererster Ordnung!

Fischer Taschenbuch Verlag

fi 2223 / 3